CB017037

# ÉDIPO EM COLONO

COLEÇÃO CLÁSSICOS COMENTADOS
*Dirigida por João Ângelo Oliva Neto*
*José de Paula Ramos Jr.*

Æ
Ateliê Editorial

*Editor*
Plinio Martins Filho

MNĒMA

*Editor*
Marcelo Azevedo

PLANO DESTA OBRA
I. *Ájax*
II. *As Traquínias*
III. *Antígona*
IV. *Édipo Rei*
V. *Electra*
VI. *Filoctetes*
VII. *Édipo em Colono*

Sófocles

# ÉDIPO EM COLONO

## Tragédias Completas

*Estudos*
Beatriz de Paoli
Jaa Torrano

*Tradução*
Jaa Torrano

*Edição Bilíngue*

Dados Internacionais de Catalogação na Publicação (CIP)
(Câmara Brasileira do Livro, SP, Brasil)

Sófocles, (c. 496-406 a.C.)
*Édipo em Colono : Tragédias Completas / Sófocles;* tradução Jaa Torrano; estudos Beatriz de Paoli, Jaa Torrano. -- Cotia, SP: Araçoiaba da Serra, SP: Editora Mnēma, 2024. -- (Coleção Clássicos Comentados / dirigida por João Angelo Oliva Neto e José de Paula Ramos Jr.)

ISBN 978-65-5580-133-0 (Ateliê Editorial)
ISBN 978-65-85066-10-5 (Editora Mnēma)

Edição bilíngue.

1. Teatro grego (Tragédia) I. Paoli, Beatriz de. II. Torrano, Jaa.
III. Título IV. Série.

24-197551 CDD-822.3

Índices para catálogo sistemático:

1. Teatro grego 882

Eliane de Freitas Leite – Bibliotecária – CRB-8/8415



ATELIÊ EDITORIAL
Estrada da Aldeia de Carapicuíba, 897
06709-300 – Cotia – SP – Brasil
Tel.: (11) 4702-5915
Tel.: (11) 4702-5915 | contato@atelie.com.br
www.atelie.com.br
instagram.com/atelie_editorial
facebook.com/atelieeditorial | blog.atelie.com.br

EDITORA MNĒMA
Alameda Antares, 45
Condomínio Lago Azul
18190-000 – Araçoiaba da Serra – SP
Tel.: (15) 3297-7249 | 99773-0927
www.editoramnema.com.br

Printed in Brazil 2024
Foi feito o depósito legal

*Agradecimentos*

*Ao CNPq*
*pela bolsa Pq*
*cujo projeto incluía*
*este estudo e tradução.*

# Sumário

# Édipo Entre Apolo e Erínies

*Jaa Torrano*

AO CONTRÁRIO DA PRIMEIRA CENA da tragédia *Édipo Rei*, que mostra a figura magnífica de um Édipo rei salvador, quase divino, destinatário da súplica do sacerdote de Zeus, a primeira cena de *Édipo em Colono* mostra a figura miserável do ancião cego, mendicante, banido e erradio, que depende do favor alheio para comer e para saber onde se encontra. No primeiro verso a interpelação do ancião cego à filha Antígona e no terceiro verso sua referência a si mesmo com o nome Édipo já identificam os personagens; em resposta ao pai, Antígona descreve o lugar aparentemente sagrado, situa-o na proximidade de Atenas e anuncia a aproximação de um morador local.

Na segunda cena, quando o morador revela que o lugar é consagrado às pavorosas Deusas filhas de Terra e Trevas chamadas (por antífrase) Eumênides ("Benévolas"), o ancião cego, aparentemente desvalido, não só encontra o seu lugar, mas recupera o seu poder tanto de decisão do seu destino (*É.C.* 45) quanto de barganha com o rei local (*É.C.* 73).

Na terceira cena, de novo a sós com a filha, Édipo faz uma prece às "Rainhas Terríficas" falando em nome de Deus Apolo e identificado com o Deus por vaticínios divinos que em parte se cumprem nesse momento nesse lugar (*É.C.* 84-110). Nessa súplica de Édipo às Deusas inicia-se a transferência de Édipo do domínio de Apolo para o domínio dos Deuses ctônios Erínies, Perséfone e Hades, dito Zeus subtérreo. Tendo a primeira tragédia *Édipo* mostrado que toda a vida de Édipo se resume numa cratofania do Deus Apolo, nesse trânsito de um a outro domínio explicita-se a unidade enantiológica de Apolo e das Erínies, na qual os opostos tanto se excluem quanto se implicam, de modo a integração de Édipo nos poderes ctônios ser a consumação da vida de Édipo como cratofania de Apolo.

No párodo, o coro de moradores locais instiga-se a procurar "o mais audaz de todos" (*É.C.* 120), que ousa penetrar "o inacessível recinto / das filhas invencíveis" (*É.C.* 126 e s.), temíveis e inomináveis. Investigado, Édipo se mostra ao coro, e sua aparição para o coro é "terrível de ver, terrível de ouvir" (*É.C.* 141). O coro exorta Édipo a retirar-se do ádito das Deusas para lhes falar de onde a permanência é lícita. Mediante promessa de não ser retirado a contragosto dessas sedes, guiado por Antígona, Édipo se desloca segundo as indicações do coro. Indagado então, e impelido a revelar sua identidade, a revelação de que se trata de Édipo, filho de Laio, da casa dos Labdácidas, infunde ao coro horror à poluência e apavorado o coro o repele "para longe desta terra" (*É.C.* 226). Édipo evoca a promessa de asilo, mas o coro alega fraude na obtenção dessa promessa e possíveis danos à urbe decorrentes dessa presença poluída, para justificar a expulsão. Antígona então intervém suplicando compaixão ao coro.

As quatro cenas do primeiro episódio apresentam sob diversos aspectos a unidade enantiológica de Febo Apolo e das Erínies, mostrando a duplicidade de Édipo como cratofania tanto de Febo Apolo quanto das Erínies.

Na primeira cena do primeiro episódio, o coro responde à suplica de Antígone por piedade contrapondo sua piedade do pai Édipo e da filha Antígona ao impeditivo temor de incorrer em poluência, declarando esse impedimento "temor dos Deuses" (*tà d'ek Theôn trémontes, É.C.* 256); portanto, pai e filha devem deixar a região para que não a poluam (tal qual outrora Tebas). Édipo se defende com argumentos irretorquíveis: onde está a lendária hospitalidade ateniense, que agora lhe falece? Não há o que temer senão o nome, pois Édipo é duplamente inocente: não tomou a iniciativa do ataque ao transeunte desconhecido, mas atacado defendeu-se, e ainda outra atenuante: ignorava a identidade de seu agressor; além disso, quanto a seus pais, eles lhe fizeram mal cônscios disso e ele só incônscio lhes fez mal. Édipo, pois, inocente pede asilo em nome dos Deuses, que veem os piedosos e os impiedosos e punem a impiedade dos ímpios. Persuadido o coro aceita o conselho de Édipo e propõe aguardarem a decisão do rei da região quanto ao acolhimento a Édipo e sua filha.

Na segunda cena, o encontro efusivo de Ismena com a irmã e o pai. Édipo deprecia os filhos negligentes comparando sua indolência à dos egípcios, e encarece os cuidados que as filhas têm por ele, pois Antígona o guia e provê em suas perambulações, e Ismena às ocultas dos tebanos o informara de vaticínios que lhe concerniam em seu exílio. Ismena agora relata a presente situação dos irmãos inimigos em guerra pelo trono de Tebas e o novo vaticínio que revela o poder decisivo de Édipo nessa guerra. Ao certificar-se de que o oráculo é de Febo em Delfos e de que seus filhos o conhecem, Édipo relata a inépcia de seus filhos por ocasião de seu exílio tardio e extemporâneo, quando contrário à sua vontade, nega sua aliança a qualquer dos filhos, prenuncia a ambos nenhum proveito do poder, "por ouvir prisco / vaticínio que Febo já cumpriu" (*É.C.* 452 e s.), e promete, então, em troca de asilo político, ser o salvador da urbe e fonte de dor para os inimigos da urbe. Nesse prenúncio e nessa promessa Édipo incorpora e ressoa as Erínies, às quais se refere como "Deusas / augustas íncolas" (*semnaîsi demoúkhois Theaîs*, *É.C.* 458). Nessa incorporação vindicativa de Édipo se mostra a cooperativa coincidência de Apolo e das Erínies.

Em retribuição à promessa de Édipo ser o salvador da urbe, o coro lhe dá as instruções sobre o rito e a prece de propiciação das Deusas às quais chama por antífrase "Benévolas" (*Eumenídas*, *É.C.* 486) e em cujo âmbito Édipo se encontra e promete agir. Ismena então deixa Édipo aos cuidados de Antígona e sai para oficiar o rito e fazer a prece.

Na terceira cena, no *kommós*, o coro com implacável curiosidade interroga Édipo sobre as núpcias com a mãe, Édipo alega ter recebido da urbe um dom indevido a seus serviços, ao ser atado a núpcias cuja natureza ele ignorava e define suas filhas, irmãs do próprio pai, como "erronias" (*áta O.C.* 532) por serem consequência de ação cujo sentido o próprio agente ignorava. Na segunda e última antístrofe do *kommós*, o coro volta o interrogatório ao parricídio, e Édipo se declara puro perante a lei (*nómoi dè katharós, O.C.* 548) por ter agido também neste caso sem consciência da natureza de sua ação (reiterando o argumento de insciência anteriormente apresentado, mas sem recorrer agora à alegação de que agiu em legítima defesa por revidar a agressão sofrida, cf. *O.C.* 271).

Na quarta cena, Teseu reconhece Édipo, a quem interpela como "filho de Laio" (*O.C.* 553), exorta-o a dizer o que quer de Atenas, e explica sua solidariedade e acolhimento por sua lembrança de ter sido, como Édipo, criado no exílio. Édipo declara que quer de Atenas, em vida, asilo político e, depois de morto, sepultura; promete, em troca, benefícios à urbe que se revelariam após sua morte; adverte, porém, que essa concessão de asilo e sepultura implica para Atenas não pouca luta (*ou smikrós, oúkh, hagòn, É. C.* 587), pois os tebanos exigiriam que ele retornasse a Tebas. Édipo, então, esclarece a sua atual situação e, valendo-se de sua participação em Zeus e Febo, prevê o porvir: expulso de sua terra por seus próprios filhos, não pode retornar à pátria por ser parricida, mas os filhos, agora com informações derivadas da revelação oracular de Apolo, querem reaver o controle de Édipo, retendo-o na fronteira do território tebano; mas Édipo, fiando-se tanto no oráculo de Apolo quanto na promessa de Teseu, prevê sua retaliação a essa violência dos tebanos "quando o meu dormente e sepulto cadáver / regelado afinal beberá o seu cálido sangue" (*É.C.* 621 e s.). Édipo, confiante nessa fiança, não exige juramentos de Teseu, pois isso lhe parecia aviltante, mas encarece o seu temor à violência tebana, sendo reconfortado por Teseu com magnanimidade e com reasseguradas garantias.

O primeiro estásimo é a celebração de Atenas como o novo lar ático de Édipo. A primeira estrofe descreve Colono onde os rouxinóis gorjeiam nas exuberantes videiras e Dioniso Baco perambula com divinas nutrizes. A primeira antístrofe enaltece a presença do narciso e do açafrão como flores consagradas a Deméter e Perséfone, ditas "as duas grandes Deusas" (*megálain Theaîn*, *É.C.* 684) e a fertilidade do rio Cefiso, grata aos coros de Musas e a Afrodite. A segunda estrofe louva a presença originária, indestrutível e tutelar da oliveira, partícipe de Zeus olíveo e de Atena de olhos glaucos. A segunda antístrofe celebra, como o maior louvor e a maior glória, o duplo dom de Posídon a Atenas: a arte da equitação e a da navegação.

No segundo episódio, Creonte, acompanhado de escolta, se dirige primeiro ao coro para tranquilizá-lo, esclarecendo que em nome dos tebanos vem persuadir Édipo a retornar ao solo tebano, e em seguida se dirige a Édipo com o apelo de que retorne à terra pátria, dizendo-se condoído com sua mísera sorte de exclusão e mendicância.

Édipo denuncia a solércia e impostura desse apelo, recordando que, quando em seu furor lhe seria grato o exílio, não lhe permitiram partir, mas, quando apaziguado desejava permanecer em seu lar, expulsaram-no coagido; agora, porém, querem não reconduzi-lo ao lar, mas sim instalá-lo na fronteira do território tebano, para escaparem incólumes dos males advindos da terra que o abrigasse; e conclui reivindicando sua maior proximidade de Febo e de Zeus e por essa proximidade mesma prevendo o peso de sua vindita numinosa sobre Tebas, a morte como prêmio da ganância de seus filhos, e piores males para Creonte.

Confrontado e refutado, Creonte passa da persuasão à violência, anuncia que já tem Ismena sob seu poder, e ordena à sua escolta que conduza Antígona à força, alegando ante os protestos do coro e de Édipo que lhe assiste autoridade para tanto, já que a exerce sobre os seus. Ao ser espoliado das filhas que o apoiam, Édipo recorre à imprecação contra Creonte. Enfurecido, Creonte ameaça levá-lo à força.

Alertado pelo clamor enquanto na cercania imolava junto ao altar de Posídon, Teseu acode com rapidez, intervém e se inteira da contenda entre Creonte e Édipo. Teseu envia um servo ao altar de Posídon com ordens de que todos os varões interrompam os sacrifícios, interceptem os raptores e resgatem as duas irmãs Ismena e Antígona. Teseu adverte Creonte de que sua conduta ilícita e transgressiva em terra hóspeda é indigna de Tebas e insultuosa a Atenas, e declara-o preso ("à força e a contragosto / residente desta terra" *É.C.* 934 e s.) até que ambas as moças retornassem aonde estavam.

Creonte retruca ter agido na suposição de que sua atitude com seus parentes não sofreria a ingerência de Teseu, e no conhecimento de que o conselho do Areópago não permitiria a permanência de tão ominoso andarilho junto desta urbe, acrescentando a justificativa de que não o atacaria se dele não ouvisse amargas imprecações contra si e sua família. Por fim, Creonte se declara isolado e, apequenado por esse isolamento, à mercê de Teseu, mas, apesar da idade, disposto a revidar eventuais ultrajes.

Édipo repele as imputações de Creonte como vileza de quem as faz, e defende-se com veemência e argumentos que o absolveriam num julgamento do Areópago. Alega que o oráculo divino do parricídio é anterior ao seu nascimento e que, no entrevero com o pai, o exterminou "nada sabendo do que fazia nem a quem fazia" (*É.C.* 976), sendo o parricídio, pois, um "ato involuntário" (*âkon pragm' É.C.* 977). Nas núpcias com a mãe, ambos os cônjuges ignoravam o que cada um era do outro; mas Creonte, ao assacar essa infâmia a Édipo, não ignora que difama a sua própria irmã. Do ponto de vista meramente humano, Édipo é inimputável de ambos os crimes, parricídio e incesto, o que lhe asseguraria provável absolvição em hipotético julgamento no Areópago; mas, no decurso da vida, o divino e o humano se mesclam de modo indiscernível, e o argumento da inocente insciência parece não ultrapassar o âmbito de um julgamento ao rés do humano. No entanto, nessa imbricação indiscernível do divino e do humano, Édipo invoca "estas Deusas" (*tàsde tàs Theás, É.C.* 1010), como "defensoras e aliadas" (*arogoùs xymmákhous th', É.C.* 1012), para derrotar Creonte e sua escolta. "Estas Deusas" são as terríveis e inomináveis Erínies, na localidade de Atenas chamadas por antífrase *Eumenídas* (Eumênides, "Benévolas").

Teseu ordena que Creonte lhe mostre o caminho até onde mantém as sequestradas. Creonte na ambígua condição de hóspede declara obediência, mas ameaçando protesta que uma vez em casa saberá o que fazer. Com ironia Teseu lhe concede que ameace desde que caminhe. A Édipo, Teseu promete não descansar antes de lhe restituir a guarda das filhas, o que Édipo retribui com bênçãos.

O segundo estásimo imagina diversos cenários do confronto e a vitória dos atenienses sobre os sequestradores. A primeira estrofe cita as praias da baía de Elêusis, num trecho chamadas "píticas" pela proximidade do templo de Apolo, e noutro trecho ditas "luminosas" pela procissão com archotes e a imagem de Iaco no mês de Boedrômion, e evoca os mistérios eleusinos das Deusas Deméter e Perséfone celebrados pelos Eumólpidas. A primeira antístrofe cita o distrito ático de Ea e evoca o favor de Atena e Posídon. A segunda estrofe vaticina a vitória dos atenienses, evoca Zeus e formula o desejo de voar como uma pomba para poder ver a refrega. A segunda estrofe pede o favor de Zeus, Palas Atena, Apolo e Ártemis aos atenienses nesse combate.

No terceiro episódio, o coro anuncia o retorno das filhas resgatadas. O reencontro do pai e das filhas os empolga e restitui a si mesmos em unidade espiritual solidária e efusiva. Édipo então expressa o reconhecimento do caráter reverente, equitativo e íntegro de seu salvador, e manifesta respeitosa gratidão. Instado a contar como se deu o resgate, Teseu se limita a apontá-lo como prova de seu cumprimento da palavra empenhada, evitando o alarde, mas relata que ao retornar se deu um fato que não deve negligenciar: o pedido de um suplicante junto ao altar de Posídon, onde ele próprio, antes de ser interrompido pelo chamamento, oficiava o sacrifício.

O que o suplicante pede? Somente falar com Édipo e regressar em segurança. Quem é o suplicante? Um varão, não de Tebas, mas parente de Édipo, vindo de Argos. Bastam esses dados para que Édipo não queira ouvir nada mais a respeito disso. Quem afinal é ele? Para Édipo, o "odioso filho" "quem seria a maior dor suportar ouvir" (*É.C.* 1173 e s.).

Teseu objeta à recusa absoluta de Édipo o caráter coercitivo da súplica (na perspectiva do pensamento mítico grego) e a necessidade de observar a precaução com o Deus (no caso, Posídon).

Antígona exorta o pai a conceder ao rei Teseu que este dê a si mesmo e ao Deus a suplicada graça, e a conceder a ambas as irmãs que lhes venha o irmão. Primeiro argumenta que não há dano em ouvir palavras, mas proveito pela denúncia de atos mal resolvidos. Depois, recorrendo ao mais argumento avesso a Édipo, argumento de que não é lícito ao pai revidar com males os males recebidos do filho por piores que sejam, ela pede ao pai que se condoa do filho, primeiro exemplificando com os que têm maus filhos e amargo furor mas se deixam persuadir pelos conselhos de familiares, e depois apelando ao reconhecimento das más consequências do furor das quais a mutilação dos olhos é uma advertência. Por fim, reitera a exortação, aludindo tanto à justiça do pedido quanto ao mérito de quem pede. Assim logra persuadir Édipo, que enfim concede. Teseu prontamente acata a anuência de Édipo e em retribuição reitera a promessa de defendê-lo.

O terceiro estásimo, na expectativa de novos sofrimentos para Édipo, explora o paradoxo, comum ao pensamento grego tradicional, de que o maior bem é não ter nascido e, uma vez nascido, o segundo maior bem é retornar o mais rápido para lá donde se veio. A estrofe assevera que obter uma longa vida só aumenta o número dos sofrimentos, dos quais o socorro definitivo é a morte. A antístrofe formula o paradoxo do maior bem e do segundo maior bem, argumentando com a transitoriedade da juventude e com os muitos males da velhice. O epodo exemplifica esse paradoxo com a velhice de Édipo assolada por diversos males, comparada à imagem da orla batida por ondas incessantes.

O quarto episódio mostra como a fatídica parte se compõe pela complexão de Deuses e de mortais e pela participação dos mortais nos Deuses. A primeira cena mostra a cooperação recíproca de Apolo e das Erínies, quando mostra a relação entre o pai e o filho às avessas da relação entre o mesmo pai e as filhas. Anunciado por Antígona a Édipo, Polinices primeiro deplora a aparência derrelita e sórdida de seu pai, reconhece e assume a culpa pela situação paterna, e evoca "Dó" (*Aidós, É.C.* 1268) como assessor de Zeus e remédio dos erros para que assista ao pai e este assim lhe releve a culpa reconhecida e confessada. Depois, ante o silêncio implacável do pai, a conselho da irmã, expõe ao pai a razão de sua vinda: expulso do trono e da pátria pelo irmão mais novo, exilado em Argos reuniu contra a pátria Tebas sete tropas de lanceiros cujos chefes nomeia (cf. o catálogo épico de Ésquilo em *Sete contra Tebas,* 375-651, e de Eurípides em *As Fenícias,* 861-928), e pede a aprovação do pai, pois o oráculo diz que a vitória será de quem a obtiver. Pede por si e por seus aliados, e pelas fontes e por Deuses familiares, identifica-se com a mesma situação de exílio do pai atribuindo-a ao irmão usurpador, e promete reinstalar o pai na pátria se reinstalar-se a si mesmo no trono.

O coro intervém instando Édipo a responder ao suplicante em atenção a Teseu, que o trouxe. Édipo, dirigindo-se ao coro, declara que nada diria se Teseu não tivesse trazido o suplicante por lhe parecer justo que este ouvisse uma resposta à súplica. Em seguida, Édipo, interpelando-se Polinices como "vilíssimo" (*kákiste, É.C.* 1354), incrimina-o de sua expulsão de Tebas, contrasta sua expulsão pelos filhos com sua salvação e nutrição pelas filhas, renega os filhos e – invocando as "imprecações" (*arás, É.C.* 1375) como "aliadas" (*xymmákhous, É.C.* 1376) e invocando "Justiça, parceira de Zeus" (*Díke xýnedros Zenós, É.C.* 1382) – reitera a imprecação, que já antes lançara contra os filhos, de que nessa guerra ambos morram um pela mão do outro. Por fim, invocando ainda "o odioso pátrio / trevor do Tártaro" (*tò Tartárou / stygnòn patrôion érebos, É.C.* 1389 e s.), para que lá os instale, e depois desses Numes invocando ainda Ares, que lhes inspirou o mútuo ódio, despede-o, sarcasticamente o mandando anunciar aos aliados esses privilégios atribuídos por Édipo aos próprios filhos. Nessa imprecação de Édipo se mostra a colaboração de Apolo e das Erínies, porque o filho o procurou motivado pelo oráculo de Apolo, profeta de Zeus em Delfos, e Édipo o impreca respaldado tanto pelas Erínies quanto por "Justiça, parceira de Zeus". Como em Ésquilo (*Agamêmnon*,56-59, 748 e s. *etc.*), Erínis é a face sombria da justiça penal de Zeus.

No terno diálogo com a irmã que o exorta a renunciar ao combate fratricida e suicida, Polinices revela uma atitude que se poderia descrever como aceitação da fatalidade (*amor fati*), e pede às irmãs que, se as imprecações paternas se cumprirem, lhe concedam funerais e sepultura (o que selaria o destino de Antígona na tragédia sofocliana homônima).

No *kommós* – aqui, canto do coro alternado com as falas dos atores – na primeira estrofe, o coro primeiro hesita entre atribuir os novos males anunciados na imprecação ao hóspede cego ou ao golpe numinoso da Deusa Parte (*moîra*, *É.C.* 1450), que assinala a cada um o seu quinhão e cujas sentenças não falham. O coro evoca a vicissitude do Tempo onividente, que ora subverte, ora reverte a sorte dos mortais, e nesse ínterim – como sinal divino de uma reversão da sorte de Édipo – se ouve um trovão. Édipo urge então que se chame Teseu e explica o trovão como o sinal de sua iminente descida ao Hades. A primeira antístrofe contrasta o temor hirto do coro perante o trovão com a segurança de Édipo pela confirmação do vaticínio divino. A segunda estrofe exacerba o contraste entre o temor do coro a possíveis danos advindos da presença de Édipo e a confiança de Édipo em poder doravante retribuir a Teseu os bens recebidos. Na segunda estrofe, o coro cessa a prece trêmula ao Nume e a Zeus e conclama o rei Teseu a vir receber a graça retributiva do hóspede. Assim se discernem o ponto de vista humano (exemplificado no coro e nas filhas) e o ponto de vista heroico (exemplificado em Édipo), distinguindo-se os mortais entre si por suas respectivas proximidade e distância dos Deuses.

A terceira cena prepara a inversão da relação de beneficiado e de benfeitor entre Teseu e Édipo. Quando Édipo anuncia a iminência de sua morte prevista por sua leitura dos sinais divinos, Teseu declara crer em Édipo, aludindo implicitamente à sua anterior previsão do conflito com Tebas, insuspeitado então para Teseu (*É.C.* 606), mas depois confirmado com a ameaça de Creonte (*É.C.* 1037). Édipo instrui Teseu como este, seu povo e território terão para sempre defesa e proteção asseguradas pelo sepulcro de Édipo: para isso, sem se servir de guias, mas guiado por Hermes e pela Deusa dos ínferos, Édipo conduziria Teseu a sós ao lugar secreto e imperscrutável do sepulcro, cuja nefanda e inefável localização será o segredo do rei a ser transmitido unicamente ao mais digno de ser seu sucessor.

No quarto estásimo, a estrofe pede em prece a Perséfone, dita "Deusa invisível", e a Hades que Édipo possa chegar sem mais sofrimentos a seu último destino, dito por hendíadis "ínfero chão dos mortos" (*káto nekrôn pláka, É.C.* 1563) e "a casa de Estige" (*Stígion dómon, É.C.* 1564: na *Teogonia* hesiódica, esta segunda imagem descreve o extremo confim do ser com o não-ser). A antístrofe invoca Erínies, ditas "subtérreas Deusas", e Cérbero, descrito sem ser nomeado, e ainda o "filho de Terra e Tártaro", sem necessidade de especificar quem o possa ser, mas suposto que seja o Deus *Thánatos* ("Morte"), para que transfiram o hóspede "por via pura" (*en katharôi, É.C.* 1575) ao de novo nomeado "ínfero chão dos mortos", e conclui invocando o Deus *Thánatos,* dito "sono eterno" (*tòn aièn hýpnon, ÉC.* 1578).

No êxodo, na primeira cena, o mensageiro relata a morte de Édipo, sobre-humana, ritualística e misteriosa. O intuito do relato é sugerir o novo estatuto de Édipo como uma instância do divino, o que depois de Homero, mas não em Homero, se designou *héros*, "herói", o morto que se supõe ter poder sobre a região em que se encontra o seu túmulo, benéfico, quando o herói é honrado com preces e oferendas (ditas *heroikaì timaí*, "honras heroicas"), e maléfico, quando o herói está indignado.

No *kommós* – aqui, canto alternado entre atores e o coro – na primeira estrofe, Antígona lastima os congênitos sofrimentos pregressos e os fatos finais que ultrapassam todas as contas da razão (*alógista, É.C.* 1675), referindo-se à extraordinária desaparição do pai, e considerando-a do ponto de vista meramente humano como remate de males. Considera também que o pai se foi em paz, como se desejaria, tragado por imperscrutável chão, mas lastima seu próprio desamparo. Secundando-a, Ismena formula o voto de morrer também. Na primeira antístrofe, prossegue o lamento pela perda do pai, que lhe dava sentido e gratidão à vida, e apesar do peso da perda reconhece que ele morreu como queria na terra hóspeda onde queria. Ismena ecoa o sentimento de perda. O coro as consola com o bom fim reservado ao pai e a universalidade da condição de perda dos mortais. Na segunda estrofe, Antígona manifesta o desejo de visitar o sepulcro do pai; Ismena alude à ilicitude (o local é interdito) e à impossibilidade (o local é ignorado) dessa visita; Antígona também formula o desejo de morrer junto com o pai, Ismena ecoa o sentimento de perda insuperável. Na segunda antístrofe, o coro as reconforta aludindo às suas superação e resiliência anteriores; Antígona interpela Zeus aonde elas iriam e interroga ao Nume a que esperança ele as impeliria.

Na terceira cena, Teseu as aconselha cessar o pranto, pois perante a graça recebida da subtérrea Deusa Noite as manifestações de luto suscitariam a retaliação divina. Antígona roga a Teseu que ambas as irmãs visitem a tumba paterna. Teseu alega a ilicitude dessa visita por determinação do próprio Édipo como condição da segurança numinosa do território, tendo por testemunhas o próprio Nume e o Juramento de Zeus. Antígona então pede que as envie a Tebas para impedirem, se possível, a iminente morte de seus irmãos. Teseu se dispõe a atendê-las em tudo que fosse em proveito delas e pela graça do recém-ido Édipo. O coro pede que cessem o luto, e declara de todo completo o ofício.

A título de conclusão, recapitulemos que o curso dos acontecimentos se dá como a solidária cooperação dos Deuses e dos mortais na produção do que para cada um dos mortais se revela como o que é cada um e de cada um (*moîra*). É nesse sentido que o coro, tomando o exemplo de Édipo e do seu Nume, pôde (como se pode) – do ponto de vista meramente humano – não "considerar feliz" (*makarízo, É.R.* 1196) nenhum dos mortais.

## REFERÊNCIAS BIBLIOGRÁFICAS

BLUNDELL, Mary Whitlolock. *Helping Friends and Harming Enemies. A Study in Sophocles and Greek Ethics.* Cambridge, Cambridge University Press. 1989.

FERREIRA, Lúcia Rocha. *Édipo Rei. A Vontade Humana e os Desígnios Divinos na Tragédia de Sófocles.* Manaus, EDUA, 2007.

FINGLASS, P. J. *Sophocles*. Cambridge, Cambridge University Press. 2019.

JEBB, R. C. *Sophocles: Plays. Oedipus Coloneus*. London, Bristol Classical Press, 2004.

KNOX, Bernard M. W. *The Heroic Temper. Studies in Sophoclean Tragedy*. Berkeley, University of California, 1964.

MARSHALL, Francisco. *Édipo Tirano. A Tragédia do Saber*. Porto Alegre, Ed. Universidade, 2000.

REINHARDT, Karl. *Sófocles*. Tradução Oliver Tolle. Brasília, Editora Universidade de Brasília, 2007.

SEGAL, Charles. *Tragedy and Civilization. An Interpretation of Sophocles*. Norman, University of Oklahoma Press, 1981.

WINNINGTON-INGRAM, R. P. *Sophocles. An Interpretation*. Cambridge, Cambridge University Press, 1980.

[Versão anterior "A Cratofania do Deus Apolo nas Tragédias *Édipo* de Sófocles", publicada em NEUMANN, Gerson Roberto; RICHTER, Cintea; DAUDT, Mariana Ilgenfritz. *Literatura Comparada: Ciências Humanas, Cultura, Tecnologia*. Porto Alegre, Bestiário/Class, 2021.]

# Édipo, Herói Adivinho

*Beatriz de Paoli*

*Édipo em Colono*, assim como *Édipo Rei*, é a representação trágica do cumprimento de um ou mais oráculos. Em ambas as tragédias, existe um oráculo central, apolíneo, ao redor do qual outros vaticínios e sinais divinos se aglomeram, complementando-o ou a ele se justapondo. Esse oráculo principal, que dá corpo e estrutura às duas tragédias, é, em *Édipo Rei*, aquele dado a Édipo em Delfos, aonde o jovem príncipe fora consultar o Deus sobre sua origem. A resposta de Apolo foi a de que mataria seu pai e desposaria sua mãe e, quando a tragédia se inicia, tal oráculo já se encontra realizado: a morte de Laio por Édipo se dera há muitos anos, assim como a união entre ele e sua mãe. O que a peça encena, portanto, é o reconhecimento por parte de Édipo de que foi justamente através de suas tentativas de escapar a seu destino que o oráculo apolíneo se cumpriu. É em torno do reconhecimento do cumprimento do oráculo – algo como uma *anagnórisis* mântica – e de suas consequências que a tragédia se estrutura. Em *Édipo em Colono*, no entanto, ao nos depararmos com um Édipo cego, exilado e desvalido – um retrato do cumprimento do oráculo e, portanto, do poder de Apolo –, ficamos sabendo que Édipo recebera outro oráculo apolíneo, que versava sobre o fim da vida do filho de Laio e é o cumprimento desse oráculo que vemos representado em *Édipo em Colono*.

Se aquele oráculo que levou aos acontecimentos que vemos em *Édipo Rei* transforma Édipo de um poderoso e admirado rei em um pária cego e desvalido, este outro oráculo, como vemos em *Édipo em Colono*, devolve o poder e a grandeza à figura de Édipo, transformando-o num herói capaz de ser tanto um benfeitor a seus aliados (no caso, a cidade de Atenas, que lhe dá abrigo) como um malfeitor a seus inimigos (no caso, os tebanos, responsáveis pelo seu banimento).

Essa transformação pela qual passa Édipo, além de refletir a transferência de Édipo do domínio do Deus Apolo para o das Deusas Erínies – que, como observa Jaa Torrano, perfazem uma unidade enantiológica, na qual os opostos tanto se excluem quanto se implicam –, marca a relação de Édipo com a palavra oracular. Édipo deixa de ser um receptor passivo e passível de erro de interpretação para se tornar não só um emissor ativo como um intérprete exímio dos sinais divinos. Em outras palavras, Édipo assenhora-se do processo comunicativo com os Deuses, controlando quanto e quando cada um deve saber a respeito dos desígnios divinos que lhe concernem e se tornando ele mesmo uma fonte de saber divino. Diferentemente de em *Édipo Rei*, em que vemos Édipo ir em direção ao cumprimento do oráculo ao dele fugir, aqui vemos o filho de Laio ir em direção ao cumprimento do oráculo conscientemente e certificando-se de que tudo aconteça tal o qual Deus lhe vaticinou.

O oráculo apolíneo, no entanto, embora seja o elemento central, não é o único presente em *Édipo em Colono*; na verdade, temos nesta tragédia um conglomerado de sinais divinos ao redor da figura de Édipo que compreende oráculos, vaticínios, sinais divinos, como presságios e raios, e imprecações. Tal conglomerado de sinais divinos é, no entanto, desvelado aos poucos ao longo da tragédia. Oráculos e vaticínios nas tragédias de Sófocles tendem a ser revelados por partes, podendo ser mencionados várias vezes ao longo do drama e apresentando por vezes diferentes formulações, sem que sejam citados *verbatim*. A estratégia não é diferente em *Édipo em Colono*. Os oráculos não são reportados *verbatim* e são revelados aos poucos. Além disso, os oráculos nesta tragédia, diferentemente do que acontece em *As Traquínias* ou *Édipo Rei*, são claros, assertivos e não estão sujeitos a erros de interpretação, pois quem os transmite ou os interpreta é Édipo, que, aqui, domina a linguagem oracular e age como um verdadeiro adivinho.

### O ORÁCULO DE APOLO A ÉDIPO – *MANTEÎA PALAÍPHANTA*

Comecemos a desemaranhar a trama de sinais divinos seguindo, primeiramente, o fio do oráculo de Apolo dito "prisco" (*palaíphanta*, v. 454), que constitui o principal oráculo. Édipo, em sua prece às Erínies, no prólogo, menciona uma fala oracular de Apolo – o Deus falou (*élexe*, v. 88) – situada num passado remoto; daí, "prisco vaticínio", (*manteîa palaíphanta*, vv. 453-454). Esse oráculo diz respeito à ocasião da morte de Édipo e à propiciação do território em cujo solo ele será sepultado, isto é, à sua heroicização.

Nesse antigo oráculo, podemos distinguir dois componentes, embora um seja consequência do outro: o prenúncio da morte de Édipo (cujos elementos significativos são onde e quando) e a sua consequente heroicização (cujos elementos significativos são o poder tanto benéfico quanto maléfico de sua tumba e a conseguinte necessidade de manter em segredo seu local).

A esses acontecimentos centrais previstos no antigo oráculo apolíneo – morte e heroicização – concorrem outros elementos divinatórios. Assim, a respeito da morte de Édipo, somam-se ao oráculo outros sinais divinos: os fornecidos pelas Erínies, a que Édipo se refere quando diz não ter podido chegar ao bosque das Deusas sem o seu "auspício fiel" (*pistòn pterón*, v. 97), e "sinais" (*semeîa*, v. 94), sismo ou trovão ou clarão de Zeus (vv. 94-95), que lhe indicam o momento de sua morte (descritos por Édipo, no segundo *kommós*, como "Divinos trovões contínuos e vários / dardos fulminados por invicta mão", vv. 1514-1515). Já a respeito da heroicização de Édipo, soma-se ao antigo oráculo outro oráculo apolíneo recente (*tà nŷn manteúmata*, v. 387) comunicado por

Ismena, além das maldições de Édipo dirigidas aos filhos Etéocles e Polinices (vv. 421-427; 450-454; 789-790; 1370-1378; 1383-1396; 1405--1410; 1424-1425; 1427-1428) e a Creonte (vv. 864-870).

Com relação ao prenúncio da morte de Édipo, o antigo oráculo faz referência a onde – "nesta última região" (v. 89), "onde" (v. 89), "aí" (v. 91) – e a quando – "após longo tempo" (v. 88).

A tragédia inicia-se com o reconhecimento de Édipo do local de seu trespasse. Assim, no prólogo, Antígona descreve o local em que se encontram como um lugar sagrado, tal como o sugere a beleza natural do bosque. Ao saber pelo morador de Colono que se entra em local consagrado às Erínies, Édipo pede que as Deusas o recebam propícias como suplicante no local do qual não pretende mais sair, porque reconhece sua chegada ao bosque das Erínies como o sinal de sua sorte (*xinphorás xýnthem' emês*, v. 46). Ele atribui às Deusas "auspício fiel" (*pistón ... pterón*, v. 97) sem o qual ele não poderia chegar até o local de seu destino. Como observam Avezzu e Guidorizzi, "o oráculo que fala de sua morte é de Apolo, mas Édipo atribui às Erínies o papel de guia na reta final"[1]. O termo *pterón* (alado), traduzido por auspício, indica por metonímia "pássaro", que, por sua vez, significa "auspício". Édipo se refere, portanto, a um auspício enviado pelas Deusas Erínies que, corretamente interpretado por ele, fê-lo reconhecer que havia chegado ao local onde encontraria o fim dos seus dias. Alguns comentadores conectam esse auspício com a menção que, ao descrever o bosque das Erínies, Antígona faz ao canto dos rouxinóis (v. 18). Ora, o mais importante é perceber a solidariedade entre Apolo e as Deusas Erínies, cujo auspício, seja ele qual for, serve de guia para que o cego Édipo possa chegar ao destino prenunciado pelo oráculo de Apolo. Essa mesma solidariedade se deixa perceber quando Édipo pede às Deusas que lhe deem o término da vida, conforme os vaticínios de Apolo (vv. 101-103).

Assim como o local da morte de Édipo envolve sinais divinos – o auspício fiel das Erínies –, o momento da sua morte envolve outros si-

1. Sófocles. *Edipo a Colono*. Introduzione e commento di Giulio Guidorizzi. Testo critico a cura di Guido Avezzù. Traduzione di Giovanni Cerri. Roma, Mondadori Editore, 2011, p. 223.

nais divinos – o trovão e o raio de Zeus. A tragédia inicia-se com a correta interpretação de Édipo dos sinais que indicam o local de sua morte e se fecha com a correta interpretação de Édipo dos sinais divinos que indicam o momento de sua morte. Assim, no segundo *kommós*, o coro anuncia o trovão, que imediatamente é compreendido por Édipo como o sinal a indicar o momento de sua morte: "Este alado troar de Zeus me levará / logo ao Hades" (vv. 1460-1461), ou ainda: "[...] vem a este varão o predito / por Deus fim da vida" (vv. 1472-1473).

Com relação à heroicização de Édipo, o antigo oráculo de Apolo, tal como Édipo o relata em sua prece às Erínies, prevê por um lado ganho (*kérde*, v. 92) aos que o acolherem e, por outro, ruína (*áten*, v. 93) aos que o banirem. Do ponto de vista do antigo oráculo apolíneo, o poder proveniente da tumba de Édipo é referido em termos gerais como "ganho" (*kérde*, v. 92), "ter muito" (*kerdáne méga*, v. 72), "proveito" (*ónesin*, v. 288; *kérde*, v. 578; *kérdos*, v. 579), "dádiva" (*dôron*, v. 577), "tributo" (*dasmós*, v. 635), "graça" (*khárin*, v. 636), "dom" (*dórema*, v. 647). Porém, o oráculo recente de Apolo (*tà nŷn manteúmata*, v. 387) – sobre o qual discorreremos a seguir – localiza o sentido de tais ganho e ruína dentro de um contexto bélico. Assim, na iminência de uma guerra contra os tebanos, a atuação de Édipo é descrita em termos de grande salvação (*méga sotêra*, vv. 459-460) da cidade (isto é, de Atenas), por um lado, e dores (*pónous*, v. 460) aos inimigos (isto é, os tebanos). Por fim, Édipo é descrito como um *alástor* (v. 788), isto é, como um espírito vingador que há de prevalecer sobre os tebanos (v. 646) e a sua sepultura como sendo a garantia da invencibilidade dos atenienses, particularmente pelos tebanos (vv. 1533-1534).

A capacidade de prover ganho é uma informação fundamental no oráculo apolíneo, pois permite que Édipo não apenas barganhe com o rei Teseu, tornando-o seu aliado, mas também se vingue dos que o expulsaram da pátria, incluídos aí os seus próprios filhos. Outra informação significativa é a de que é necessário se manter oculto o local da tumba e de se transmitir essa informação sigilosa através das gerações aos sucessores que se dela se mostrarem dignos (vv. 1522-1534). A necessidade de sigilo, por um lado, e de barganha, por outro, faz com que as informações relativas a essa parte do oráculo apolíneo sejam reveladas aos poucos ao longo da tragédia.

## O ORÁCULO DE APOLO AOS TEBANOS – *TÀ NŶN MANTEÚMATA*

Ismena chega no primeiro episódio trazendo outro oráculo apolíneo, dito recente (*tà nŷn manteúmata*, v. 387). Ao saudá-la, Édipo faz referência a uma anterior vinda de Ismena trazendo-lhe, à oculta dos tebanos, todos os oráculos que foram proferidos a seu respeito, os quais não são especificados por Édipo. Esses oráculos todos (*manteîa pánta*, v. 354) a respeito de Édipo, indefinidos e, portanto, indiscerníveis, situam-se num tempo igualmente indefinido – diz-se apenas que Ismena veio "antes" (*prósthen*, v. 353) – entre o antigo oráculo e o recente, o qual a jovem filha de Édipo, chegando agora "outra vez" (*aû*, v. 357), vem relatar. Esses oráculos preenchem de certa forma a lacuna entre o antigo e o recente oráculo de Apolo, de modo que toda a existência de Édipo aparece marcada pela palavra oracular do Deus adivinho.

O novo oráculo apolíneo trazido por Ismena ecoa o antigo, na medida em que seu conteúdo versa sobre o poder de Édipo como herói e, portanto, sobre a necessidade de os tebanos se beneficiarem desse poder instalando sua sepultura nos arredores da cidade, garantindo assim a proteção do morto sobre seu território e evitando a sua hostilidade.

Ismena identifica a procedência do oráculo – ela o ouviu dos consulentes tebanos ao oráculo délfico, mas, como ocorre comumente em Sófocles, o oráculo não é citado *verbatim*. É importante considerar que o oráculo apolíneo foi dado aos tebanos e, portanto, quando relatado por Ismena, fala da morte e da heroicização de Édipo do ponto de vista do interesse e das ações dos tebanos. Assim, quando Édipo pergunta a Ismena qual o vaticínio, ela responde que em breve os tebanos virão buscar Édipo vivo ou morto porque temem por sua segurança (vv. 389-

-390). Diz ainda que Creonte virá em breve para instalá-lo nos arredores de Tebas e ter poder sobre seu túmulo, temoroso da ira do morto. Ou seja: o que ela relata parece ser mais a interpretação de um oráculo e as ações tomadas com base nele do que o oráculo em si mesmo. O fato é que, de seu diálogo com Édipo a respeito do oráculo, não se pode discernir o que corresponde às palavras do Deus e o que corresponde à interpretação destas. Isso fica ainda mais evidente quando Polinices entra em cena e se refere a oráculos – aparentemente o novo oráculo apolíneo trazido por Ismena. O que ele relata acerca do oráculo tem um escopo ainda mais específico do que aquele apresentado por Ismena, no sentido de que Polinices atribui ao oráculo o papel decisivo de Édipo na disputa entre os irmãos contendentes: quem o filho de Laio apoiar sairá vencedor (vv. 1331-1332).

## MALDIÇÃO

Há três principais passagens relativas à maldição de Édipo sobre seus filhos Etéocles e Polinices. A primeira delas ocorre no primeiro episódio, quando Édipo dialoga com Ismena sobre o recente oráculo apolíneo a seu respeito. Nessa primeira formulação (vv. 421-427), que vem sob a forma de expressão de um desejo, marcado pelo uso do optativo, Édipo faz votos de que a rixa que agora contrapõe os irmãos na batalha pelo trono de Tebas jamais se extinga, de modo que nem Etéocles permaneça no trono nem Polinices jamais retorne à sua pátria. A seguir, Édipo acrescenta que os filhos não terão dele nem aliança nem bem algum da realeza tebana, e diz saber disso por ouvir antigo vaticínio a que Apolo já deu cumprimento (*énysen*, v. 454). Há um debate entre os comentadores dessa passagem a respeito de a que se referiria o verbo *énysen*, isto é, de quais vaticínios já realizados se trata exatamente. O mais interessante e mais significativo, a meu ver, é a conexão que Édipo estabelece entre o antigo oráculo apolíneo e a maldição que agora lança sobre os filhos. Essa conexão faz com que a maldição seja percebida como parte integrante de um mesmo emaranhado de sinais divinos cujo ponto central é Édipo. Porém, tal como acontece aqui, torna-se cada vez mais evidente que Édipo é o ponto central desse conglomerado de sinais dos Deuses não somente pelo fato de estes se referirem a sua pessoa, mas também por ele ser o ponto a partir do qual os sinais divinos se manifestam – Antígona se refere à maldição lançada por Édipo a Polinices pelo termo "vaticínio" (*manteúmata*, v. 1425) e pelo verbo "vaticinar" (*ethéspisen*, v. 1428).

Essa primeira formulação da maldição é um tanto vaga e enigmática em seus termos, assim como a próxima referência que Édipo faz a ela em seu diálogo com Creonte no segundo episódio, ao dizer que a seus filhos caberá de sua terra o quanto lhes baste para nela morrerem (vv. 789-790).

Quando, porém, no quarto episódio, Édipo se dirige diretamente a Polinices, a maldição é formulada não mais como a expressão de um desejo ou de forma enigmática, mas sim com claridade e com a solenidade requerida ao ato imprecatório (vv. 1370-1382; 1383-1396). O termo "maldição" (*ará*) é usado duas vezes (vv. 1375; 1384), bem como o verbo "amaldiçoar" (*arômai*, v. 1389), e são evocados os Deuses garantidores do cumprimento da maldição. O conteúdo, porém, permanece o mesmo: que ambos os filhos hão de morrer às mãos um do outro em sua disputa pelo trono de Tebas.

É interessante observar, primeiramente, que Polinices vem até o pai motivado, por um lado, pelos acontecimentos cuja causa ele atribui, por ter ouvido de adivinhos, à Erínis do pai, e, por outro lado, em razão de oráculos – cuja fonte, embora não especificada, infere-se que seja a mesma relatada por Ismena, isto é, Apolo délfico. Nisso, podemos observar uma vez mais a complementariedade entre Apolo e as Deusas Eríníes. Em segundo lugar, assim como o oráculo recente de Apolo reforça o antigo, ao complementar e dar mais escopo ao seu conteúdo, do mesmo modo, a terceira e última formulação da maldição reforça as anteriores. Assim, a rixa inextinguível e a herança paterna aos filhos, mencionadas nas duas primeiras formulações, se explicitam em termos de uma iminente guerra pelo trono tebano entre Polinices e seus aliados argivos contra Etéocles e os seus compatriotas, na qual ambos cairão, mortos às mãos um do outro.

Édipo, nesta tragédia, amaldiçoa também Creonte, contra quem impreca ter um triste fim (vv. 864-870; 1010-1013), e nessa maldição (*arâs*, v. 865; *arás*, v. 852), tomando o Sol por testemunha, invoca as Erínies. A ocasião da imprecação contra Creonte é semelhante à da imprecação contra Polinices, no sentido de que ambos vêm até Édipo movidos por oráculos apolíneos e temendo sua Erínis.

## ÉDIPO ADIVINHO

Desde o princípio da tragédia, Édipo figura tanto como intérprete – como quando interpreta corretamente os sinais que lhe indicam a chegada ao local onde há de morrer (vv. 44-46) – quanto como fonte de sinais divinos – como quando amaldiçoa seus filhos (vv. 421-427; 789--790; 1370-1382; 1383-1396). Sua fala, em alguns momentos, adquire um tom oracular e enigmático, quando, por exemplo, após ser indagado pelo morador de Colono por que deseja que um mensageiro vá até Teseu, Édipo responde: "para ter muito se me der um pouco" (v. 72).

Édipo é, portanto, caracterizado possuindo o estatuto de adivinho. Isso fica evidente quando o morador de Colono lhe pergunta o que um velho cego poderia oferecer e Édipo responde com uma afirmação que é uma confirmação de que possui o estatuto de um adivinho: "Quanto lhe disser direi clarividente" (v. 74). O que Torrano traduz por "clarividente" é *pánth' horônta*, literalmente: "que vê tudo". É significativa aqui a utilização do verbo "ver". Édipo, quando via, nada via, como lhe diz Tirésias em *Édipo Rei*: "tens vistas e não vês que mal tens / nem onde habitas nem com quem vives" (vv. 413-414). Já nesta tragédia, cego, tudo vê. A cegueira é, aliás, um traço distintivo de adivinhos como Tirésias ou Fineu. Além disso, Teseu, ao final da tragédia, diz que vê Édipo "vaticinar muito / e não falso" (vv. 15-17) e uma das palavras que caracterizam a fala oracular de Apolo no prólogo, *omphé* (v. 102), traduzida por "vaticínio", é a mesma atribuída à fala de Édipo em duas ocasiões (vv. 550; 1351).

Essa caracterização de Édipo como adivinho encontra respaldo na crença do poder divinatório dos heróis em geral (tenham estes sido ou não adivinhos em vida), bem como na capacidade divinatória dos homens ante a proximidade da morte, mas, sobretudo, na afinidade entre Édipo e o Deus Apolo. Essa afinidade é tão totalizadora que, em sua prece às Erínies, Édipo pede às Deusas que não ignore a ele e a Apolo. Ora, ignorar Édipo seria o mesmo que ignorar Apolo, visto que seu destino é uma expressão do poder do Deus oracular, com o qual se identifica e com o qual passa a compartilhar, no fim de sua vida, o dom divinatório.

## REFERÊNCIAS BIBLIOGRÁFICAS

Bowman, L. M. *Knowledge and Prophecy in Sophokles*. University of California, Los Angeles, 1994, 245 pp. Thesis Dissertation.

Kamerbeek, J. C. *The Plays of Sophocles*. Part vii: The *Oedipus Coloneus*. Leiden, Brill, 1984.

Sofocle. *Edipo a Colono*. Introduzione e commento di Giulio Guidorizzi, texto critico a cura di Guido Avezzù, traduzione di Giovanni Cerri. Milano, Fondazione Lorenzo Valla/Mondadori, 2008.

Sófocles. *Édipo em Colono*. Tradução do grego e prefácio de Donaldo Schüler. Porto Alegre, l&pm, 2010.

# *ΟΙΔΙΠΟΥΣ ΕΠΙ ΚΟΛΩΝΩΙ* / ÉDIPO EM COLONO*

* ***N.T.*** – A presente tradução segue o texto de H. Lloyd-Jones e N. G. Wilson, *Sophoclis Fabulae* (Oxford, Oxford University Press, 1990). Os números à margem dos versos seguem a referência estabelecida pela tradição filológica e nem sempre coincidem com a sequência ordinal.

## *ΤΑ ΤΟΥ ΔΡΑΜΑΤΟΣ ΠΡΟΣΩΠΑ*

Οἰδίπους
Ἀντιγόνη
Ξένος
Χορὸς Ἀττικῶν γερόντων
Ἰσμήνη
Θησεύς
Κρέων
Πολυνείκης
Ἄγγελος

## PERSONAGENS DO DRAMA

Édipo
Antígona
Estranho
Coro de Anciãos Áticos
Ismena
Teseu
Creonte
Polinices
Mensageiro

*{ΟΙΔΙΠΟΥΣ}*

1 *Τέκνον τυφλοῦ γέροντος Ἀντιγόνη, τίνας*
*χώρους ἀφίγμεθ' ἢ τίνων ἀνδρῶν πόλιν;*
*τίς τὸν πλανήτην Οἰδίπουν καθ' ἡμέραν*
*τὴν νῦν σπανιστοῖς δέξεται δωρήμασιν,*
5 *σμικρὸν μὲν ἐξαιτοῦντα, τοῦ μικροῦ δ' ἔτι*
*μεῖον φέροντα, καὶ τόδ' ἐξαρκοῦν ἐμοί;*
*στέργειν γὰρ αἱ πάθαι με χὠ χρόνος ξυνὼν*
*μακρὸς διδάσκει καὶ τὸ γενναῖον τρίτον.*
*ἀλλ', ὦ τέκνον, θάκησιν εἴ τινα βλέπεις*
10 *ἢ πρὸς βεβήλοις ἢ πρὸς ἄλσεσιν θεῶν,*
*στῆσόν με κἀξίδρυσον, ὡς πυθώμεθα*
*ὅπου ποτ' ἐσμέν· μανθάνειν γὰρ ἥκομεν*
*ξένοι πρὸς ἀστῶν, ἃν δ' ἀκούσωμεν τελεῖν.*

*{ΑΝΤΙΓΟΝΗ}*

*πάτερ ταλαίπωρ' Οἰδίπους, πύργοι μὲν οἳ*
15 *πόλιν στέγουσιν, ὡς ἀπ' ὀμμάτων, πρόσω·*
*χῶρος δ' ὅδ' ἱρός, ὡς σάφ' εἰκάσαι, βρύων*
*δάφνης, ἐλαίας, ἀμπέλου· πυκνόπτεροι δ'*
*εἴσω κατ' αὐτὸν εὐστομοῦσ' ἀηδόνες·*
*οὗ κῶλα κάμψον τοῦδ' ἐπ' ἀξέστου πέτρου·*
20 *μακρὰν γὰρ ὡς γέροντι προὐστάλης ὁδόν.*

*{ΟΙ.}*

*κάθιζέ νύν με καὶ φύλασσε τὸν τυφλόν.*

## [PRÓLOGO (1-116)]

ÉDIPO

Filha de cego ancião, Antígona, a que
lugar viemos ou à urbe de que varões?
Quem ao errante Édipo no dia de hoje
acolherá com as dádivas escasseadas,
5 ao pedir pouco e do pouco ainda menos
obter, mas sendo para mim o bastante?
Paciência dores me ensinaram, o longo
tempo convivente e terceiro a nobreza.
Mas, ó filha, se avistas algum assento
10 na passagem ou no recinto dos Deuses
para-me e senta-me para que saibamos
onde estamos. Forasteiros aprendamos
dos nativos e o que ouvirmos façamos.

ANTÍGONA

Pai desventurado Édipo, torres que
15 coroam urbe, assim as vejo, longe.
É sacro este lugar, supõe-se, pleno
de laurácea, oliva e videira, denso
destes voláteis cantores rouxinóis.
Dobra as pernas nesta rude pedra,
20 longa via fizeste para um ancião.

ÉDIPO

Senta-me, pois, e preserva o cego.

{ΑΝ.}

*χρόνου μὲν οὕνεκ᾽ οὐ μαθεῖν με δεῖ τόδε.*

{ΟΙ.}

*ἔχεις διδάξαι δή μ᾽ ὅποι καθέσταμεν;*

{ΑΝ.}

*τὰς γοῦν Ἀθήνας οἶδα, τὸν δὲ χῶρον οὔ.*

{ΟΙ.}

25 *πᾶς γάρ τις ηὔδα τοῦτό γ᾽ ἡμὶν ἐμπόρων.*

{ΑΝ.}

*ἀλλ᾽ ὅστις ὁ τόπος ἦ μάθω μολοῦσά ποι;*

{ΟΙ.}

*ναί, τέκνον, εἴπερ ἐστί γ᾽ ἐξοικήσιμος.*

{ΑΝ.}

*ἀλλ᾽ ἐστὶ μὴν οἰκητός· οἴομαι δὲ δεῖν*
*οὐδέν· πέλας γὰρ ἄνδρα τόνδε νῷν ὁρῶ.*

{ΟΙ.}

30 *ἦ δεῦρο προσστείχοντα κἀξωρμημένον;*

{ΑΝ.}

*καὶ δὴ μὲν οὖν παρόντα· χὤ τι σοι λέγειν*
*εὔκαιρόν ἐστιν, ἔννεφ᾽, ὡς ἀνὴρ ὅδε.*

{ΟΙ.}

*ὦ ξεῖν᾽, ἀκούων τῆσδε τῆς ὑπέρ τ᾽ ἐμοῦ*
*αὑτῆς θ᾽ ὁρώσης οὕνεχ᾽ ἡμὶν αἴσιος*

ANTÍGONA

Faz tempo não devo aprender isso.

ÉDIPO

Podes dizer-me onde é que estamos?

ANTÍGONA

Conheço Atenas, mas o lugar não.

ÉDIPO

25 Isso nos diziam todos os caminhantes.

ANTÍGONA

Devo procurar saber que lugar é este?

ÉDIPO

Sim, filha, se há nele algum habitante.

ANTÍGONA

Habitado é, mas parece não precisar,
pois aqui vejo um varão perto de nós.

ÉDIPO

30 Está vindo para cá e se aproximando?

ANTÍGONA

Já está presente e o que te é oportuno
dizer, diz-lhe, porque o tens defronte.

ÉDIPO

Hóspede, ouvi desta que vê por mim
e por si que nos vens favorável vigia

35 *σκοπὸς προσήκεις ὧν ἀδηλοῦμεν φράσαι –*

{ΞΕΝΟΣ}
*πρίν νυν τὰ πλείον᾽ ἱστορεῖν, ἐκ τῆσδ᾽ ἕδρας*
*ἔξελθ᾽· ἔχεις γὰρ χῶρον οὐχ ἁγνὸν πατεῖν.*

{ΟΙ.}
*τίς δ᾽ ἔσθ᾽ ὁ χῶρος; τοῦ θεῶν νομίζεται;*

{ΞΕ.}
*ἄθικτος οὐδ᾽ οἰκητός. αἱ γὰρ ἔμφοβοι*
40 *θεαί σφ᾽ ἔχουσι, Γῆς τε καὶ Σκότου κόραι.*

{ΟΙ.}
*τίνων τὸ σεμνὸν ὄνομ᾽ ἂν εὐξαίμην κλύων;*

{ΞΕ.}
*τὰς πάνθ᾽ ὁρώσας Εὐμενίδας ὅ γ᾽ ἐνθάδ᾽ ἂν*
*εἴποι λεώς νιν· ἄλλα δ᾽ ἀλλαχοῦ καλά.*

{ΟΙ.}
*ἀλλ᾽ ἵλεῳ μὲν τὸν ἱκέτην δεξαίατο·*
45 *ὡς οὐχ ἕδρας γῆς τῆσδ᾽ ἂν ἐξέλθοιμ᾽ ἔτι.*

{ΞΕ.}
*τί δ᾽ ἐστὶ τοῦτο;*

{ΟΙ.}
*ξυμφορᾶς ξύνθημ᾽ ἐμῆς.*

{ΞΕ.}
*ἀλλ᾽ οὐδ᾽ ἐμοί τοι τοὐξανιστάναι πόλεως*

35 do que ainda não podemos explicar. 35

ESTRANHO

Antes de outra questão, retira-te daí
pois ocupas lugar que é ilícito pisar.

ÉDIPO

Que lugar? A que Deus se consagra?

ESTRANHO

Intocável e inabitável, pois pavorosas
40 Deusas o têm, filhas de Terra e Trevas.

ÉDIPO

Com que santo nome eu as invocaria?

ESTRANHO

As que tudo veem Eumênides, o povo
aqui as diria, mas outros nomes alhures.

ÉDIPO

Que recebam propícias o suplicante
45 que deste assento eu não sairia mais!

ESTRANHO

Que dizes?

ÉDIPO

O sinal da minha sorte.

ESTRANHO

Não tenho a audácia de te remover

*δίχ᾽ ἐστὶ θάρσος, πρίν γ᾽ ἂν ἐνδείξω τί δρᾷς.*

*{ΟΙ.}*

*πρός νυν θεῶν, ὦ ξεῖνε, μή μ᾽ ἀτιμάσῃς*
50 *τοιόνδ᾽ ἀλήτην, ὧν σε προστρέπω φράσαι.*

*{ΞΕ.}*

*σήμαινε, κοὐκ ἄτιμος ἔκ γ᾽ ἐμοῦ φανῇ.*

*{ΟΙ.}*

*τίς ἔσθ᾽ ὁ χῶρος δῆτ᾽ ἐν ᾧ βεβήκαμεν;*

*{ΞΕ.}*

*ὅσ᾽ οἶδα κἀγὼ πάντ᾽ ἐπιστήσῃ κλύων.*
*χῶρος μὲν ἱερὸς πᾶς ὅδ᾽ ἔστ᾽· ἔχει δέ νιν*
55 *σεμνὸς Ποσειδῶν· ἐν δ᾽ ὁ πυρφόρος θεὸς*
*Τιτὰν Προμηθεύς· ὃν δ᾽ ἐπιστείβεις τόπον*
*χθονὸς καλεῖται τῆσδε χαλκόπους ὀδός,*
*ἔρεισμ᾽ Ἀθηνῶν· οἱ δὲ πλησίοι γύαι*
*τόνδ᾽ ἱππότην Κολωνὸν εὔχονται σφίσιν*
60 *ἀρχηγὸν εἶναι, καὶ φέρουσι τοὔνομα*
*τὸ τοῦδε κοινὸν πάντες ὠνομασμένοι.*
*τοιαῦτά σοι ταῦτ᾽ ἐστίν, ὦ ξέν᾽, οὐ λόγοις*
*τιμώμεν᾽, ἀλλὰ τῇ ξυνουσίᾳ πλέον.*

*{ΟΙ.}*

*ἦ γάρ τινες ναίουσι τούσδε τοὺς τόπους;*

*{ΞΕ.}*

65 *καὶ κάρτα, τοῦδε τοῦ θεοῦ γ᾽ ἐπώνυμοι.*

sem a urbe antes de expor o que fazes.

ÉDIPO

Por Deuses, hóspede, não me desonres,
50 a este errante, no que te suplico dizer.

ESTRANHO

Instrui e não serás por mim desonrado.

ÉDIPO

Qual é este lugar onde agora estamos?

ESTRANHO

Tudo o que sei ao me ouvires saberás.
Todo este sítio é sagrado. O venerável
55 Posídon o tem e ainda o ignífero Deus
Titã Prometeu. O ponto que pisas desta
terra se chama umbral de brônzeos pés,
baluarte de Atenas. Os campos vizinhos
proclamam ter o cavaleiro Colono por
60 seu fundador e deste emprestam nome
comum de todos os assim denominados.
Tais tens estes aqui, hóspede, honrados
não no renome, mas antes no convívio.

ÉDIPO

Decerto moram alguns nestes lugares.

ESTRANHO

65 De fato, e deste Deus tomam o nome.

{ΟΙ.}

ἄρχει τις αὐτῶν, ἢ 'πὶ τῷ πλήθει λόγος;

{ΞΕ.}

ἐκ τοῦ κατ' ἄστυ βασιλέως τάδ' ἄρχεται.

{ΟΙ.}

οὗτος δὲ τίς λόγῳ τε καὶ σθένει κρατεῖ;

{ΞΕ.}

Θησεὺς καλεῖται, τοῦ πρὶν Αἰγέως τόκος.

{ΟΙ.}

70 ἆρ' ἄν τις αὐτῷ πομπὸς ἐξ ὑμῶν μόλοι;

{ΞΕ.}

ὡς πρὸς τί; λέξων ἢ καταρτύσων τί σοι;

{ΟΙ.}

ὡς ἂν προσαρκῶν σμικρὰ κερδάνῃ μέγα.

{ΞΕ.}

καὶ τίς πρὸς ἀνδρὸς μὴ βλέποντος ἄρκεσις;

{ΟΙ.}

ὅσ' ἂν λέγωμεν πάνθ' ὁρῶντα λέξομεν.

{ΞΕ.}

75 οἶσθ', ὦ ξέν', ὡς νῦν μὴ σφαλῇς; ἐπείπερ εἶ
γενναῖος, ὡς ἰδόντι, πλὴν τοῦ δαίμονος,
αὐτοῦ μέν', οὗπερ κἀφάνης, ἕως ἐγὼ
τοῖς ἐνθάδ' αὐτοῦ, μὴ κατ' ἄστυ δημόταις

ÉDIPO

Eles têm rei, ou a palavra é do povo?

ESTRANHO

O rei na cidade exerce este governo.

ÉDIPO

Quem é o rei da palavra e da força?

ESTRANHO

Chama-se Teseu, filho do pai Egeu.

ÉDIPO

70 Algum núncio vosso poderia ir a ele?

ESTRANHO

Para dizer-lhe algo, ou fazê-lo vir?

ÉDIPO

Para ter muito se me der um pouco.

ESTRANHO

Que auxílio virá de um varão cego?

ÉDIPO

Quanto lhe disser direi clarividente.

ESTRANHO

75 Sabes, hóspede, como não errar? Já
que és nobre, qual se vê, sem teu Nume,
espera aqui, onde te vi, enquanto eu
irei aos daqui mesmo, não da cidade,

*λέξω τάδ᾽ ἐλθών. οἵδε γὰρ κρινοῦσί σοι*
80 *εἰ χρή σε μίμνειν, ἢ πορεύεσθαι πάλιν.*

{ΟΙ.}

*ὦ τέκνον, ἦ βέβηκεν ἡμὶν ὁ ξένος;*

{ΑΝ.}

*βέβηκεν, ὥστε πᾶν ἐν ἡσύχῳ, πάτερ,*
*ἔξεστι φωνεῖν, ὡς ἐμοῦ μόνης πέλας.*

{ΟΙ.}

*ὦ πότνιαι δεινῶπες, εὖτε νῦν ἕδρας*
85 *πρώτων ἐφ᾽ ὑμῶν τῆσδε γῆς ἔκαμψ᾽ ἐγώ,*
*Φοίβῳ τε κἀμοὶ μὴ γένησθ᾽ ἀγνώμονες,*
*ὅς μοι, τὰ πόλλ᾽ ἐκεῖν᾽ ὅτ᾽ ἐξέχρη κακά,*
*ταύτην ἔλεξε παῦλαν ἐν χρόνῳ μακρῷ,*
*ἐλθόντι χώραν τερμίαν, ὅπου θεῶν*
90 *σεμνῶν ἕδραν λάβοιμι καὶ ξενόστασιν,*
*ἐνταῦθα κάμψειν τὸν ταλαίπωρον βίον,*
*κέρδη μὲν οἰκήσαντα τοῖς δεδεγμένοις,*
*ἄτην δὲ τοῖς πέμψασιν, οἵ μ᾽ ἀπήλασαν·*
*σημεῖα δ᾽ ἥξειν τῶνδέ μοι παρηγγύα,*
95 *ἢ σεισμὸν ἢ βροντήν τιν᾽, ἢ Διὸς σέλας.*
*ἔγνωκα μέν νυν ὥς με τήνδε τὴν ὁδὸν*
*οὐκ ἔσθ᾽ ὅπως οὐ πιστὸν ἐξ ὑμῶν πτερὸν*
*ἐξήγαγ᾽ ἐς τόδ᾽ ἄλσος. οὐ γὰρ ἄν ποτε*
*πρώταισιν ὑμῖν ἀντέκυρσ᾽ ὁδοιπορῶν,*
100 *νήφων ἀοίνοις, κἀπὶ σεμνὸν ἑζόμην*
*βάθρον τόδ᾽ ἀσκέπαρνον. ἀλλά μοι, θεαί,*
*βίου κατ᾽ ὀμφὰς τὰς Ἀπόλλωνος δότε*
*πέρασιν ἤδη καὶ καταστροφήν τινα,*
*εἰ μὴ δοκῶ τι μειόνως ἔχειν, ἀεὶ*
105 *μόχθοις λατρεύων τοῖς ὑπερτάτοις βροτῶν.*

dizer-lhes isto. Eles decidirão se deves
80 permanecer aqui, ou retomar a viagem.

ÉDIPO

Ó filha, o nosso hóspede já se foi?

ANTÍGONA

Já se foi, tudo está tranquilo, pai,
podes falar, que estou a sós perto.

ÉDIPO

Rainhas terríficas, já que primeiro
85 nesta terra em vossa sede sentei,
não ignoreis Febo e a mim, ele
ao me prever todos aqueles males
falou desta pausa após longo tempo
nesta última região, onde das Deusas
90 veneráveis teria pouso e hospedagem,
aí findaria minha desventurada vida,
instalado daria ganho aos acolhedores
e ruína a quem me expulsou e baniu.
Anunciou que disso me viriam sinais,
95 ou sismo ou trovão ou clarão de Zeus.
Agora reconheço que neste percurso
não há como sem vosso auspício fiel
eu viesse a este recinto, as primeiras
não vos encontraria em meu caminho
100 eu sóbrio a vós sem vinho, nem teria
este venerável rude banco. Ó Deusas,
dai-me conforme vaticínios de Apolo
já o término da vida e algum desfecho,
se não pareço muito pouco por servir
105 sempre às dores extremas de mortais.

*ἴτ᾽, ὦ γλυκεῖαι παῖδες ἀρχαίου Σκότου,*
*ἴτ᾽, ὦ μεγίστης Παλλάδος καλούμεναι*
*πασῶν Ἀθῆναι τιμιωτάτη πόλις,*
*οἰκτίρατ᾽ ἀνδρὸς Οἰδίπου τόδ᾽ ἄθλιον*
110 *εἴδωλον· οὐ γὰρ δὴ το γ᾽ ἀρχαῖον δέμας.*

*{AN.}*

*σίγα. πορεύονται γὰρ οἵδε δή τινες*
*χρόνῳ παλαιοί, σῆς ἕδρας ἐπίσκοποι.*

*{OI.}*

*σιγήσομαί τε καὶ σύ μ᾽ ἐξ ὁδοῦ ᾽κποδὼν*
*κρύψον κατ᾽ ἄλσος, τῶνδ᾽ ἕως ἂν ἐκμάθω*

115 *τίνας λόγους ἐροῦσιν. ἐν γὰρ τῷ μαθεῖν*
*ἔνεστιν ηὑλάβεια τῶν ποιουμένων.*

Eia, ó doces filhas de prístinas Trevas,
eia, ó da suprema Palas denominada
Atenas, a mais honrada urbe de todas,
tende dó da triste imagem do varão
110 Édipo, pois já não é a prístina figura.

ANTÍGONA

Silêncio! Alguns velhos idosos vêm
a caminho, supervisores de tua sede.

ÉDIPO

Silenciarei. Oculta-me fora da via
no recinto até que possamos saber
115 que palavras dirão, pois é do saber
que depende a precaução das ações.

{ΧΟΡΟΣ}

{STR. 1.} ὅρα. τίς ἄρ᾽ ἦν; ποῦ ναίει;
ποῦ κυρεῖ ἐκτόπιος συθεὶς ὁ πάντων,
120 ὁ πάντων ἀκορέστατος;
προσδέρκου, προσφθέγγου,
προσπεύθου πανταχᾷ. πλανάτας,
πλανάτας τις ὁ πρέσβυς, οὐδ᾽
125 ἔγχωρος· προσέβα γὰρ οὐκ
ἄν ποτ᾽ ἀστιβὲς ἄλσος ἐς
τᾶνδ᾽ ἀμαιμακετᾶν κορᾶν,
ἃς τρέμομεν λέγειν,
130 καὶ παραμειβόμεσθ᾽ ἀδέρκτως,
ἀφώνως, ἀλόγως τὸ τᾶς
εὐφήμου στόμα φροντίδος
ἱέντες· τὰ δὲ νῦν τιν᾽ ἥκειν
λόγος οὐδὲν ἅζονθ᾽,
135 ὃν ἐγὼ λεύσσων περὶ πᾶν οὔπω
δύναμαι τέμενος
γνῶναι ποῦ μοί ποτε ναίει.

{ΟΙ.}

ὅδ᾽ ἐκεῖνος ἐγώ· φωνῇ γὰρ ὁρῶ,
τὸ φατιζόμενον.

{ΧΟ.}

140 ἰὼ ἰώ,
δεινὸς μὲν ὁρᾶν, δεινὸς δὲ κλύειν.

## [PÁRODO (117-253)]

CORO

EST.1 Olha! Ora, quem era? Onde está?
Onde está fora sumido o mais audaz
120 de todos, de todos?
Perscruta, perquire,
procura sempre! Pervagante
pervagante é o velho, e não
125 nativo, pois não penetraria
nunca o inacessível recinto
das filhas invencíveis
que tememos chamar
130 e perpassamos sem olhar,
sem falar, sem dizer,
emitindo língua de silente
pensar, e ora se diz que veio
alguém sem nenhum respeito
135 que vigiando todo o recinto
não posso ainda saber
onde afinal ele está.

ÉDIPO

Ele sou eu vejo através da voz,
como se diz.

CORO

140 *Iò ió,*
terrível de ver, terrível de ouvir!

*{ΟΙ.}*

*μή μ', ἱκετεύω, προσίδητ' ἄνομον.*

*{ΧΟ.}*

*Ζεῦ ἀλεξῆτορ, τίς ποθ' ὁ πρέσβυς;*

*{ΟΙ.}*

*οὐ πάνυ μοίρας εὐδαιμονίσαι*
145 *πρώτης, ὦ τῆσδ' ἔφοροι χώρας.*
*δηλῶ δ'· οὐ γὰρ ἂν ὧδ' ἀλλοτρίοις*
*ὄμμασιν εἷρπον*
*κἀπὶ σμικροῖς μέγας ὥρμουν.*

*{ΧΟ.}*

*{ΑΝΤ. 1.}* *ἐή· ἀλαῶν ὀμμάτων*
151 *ἆρα καὶ ἦσθα φυτάλμιος; δυσαίων*
*μακραίων θ', ὅσ' ἐπεικάσαι.*
*ἀλλ' οὐ μὰν ἔν γ' ἐμοὶ*
155 *προσθήσεις τάσδ' ἀράς. περᾷς γάρ,*
*περᾷς· ἀλλ' ἵνα τῷδ' ἐν ἀ-*
*φθέγκτῳ μὴ προπέσῃς νάπει*
*ποιάεντι, κάθυδρος οὗ*
*κρατὴρ μειλιχίων ποτῶν*
160 *ῥεύματι συντρέχει,*
*τῶν, ξένε πάμμορ' – εὖ φύλαξαι –*
*μετάσταθ', ἀπόβαθι. πολ-*
*λὰ κέλευθος ἐρατύοι·*
165 *κλύεις, ὦ πολύμοχθ' ἀλᾶτα;*
*λόγον εἴ τιν' οἴσεις*
*πρὸς ἐμὰν λέσχαν, ἀβάτων ἀποβάς,*
*ἵνα πᾶσι νόμος*
*φώνει· πρόσθεν δ' ἀπερύκου.*

ÉDIPO

Peço que não me vejais insolente.

CORO

Zeus defensor, quem é o ancião?

ÉDIPO

Não é da primeira parte de bom
145 Nume, ó guardiães desta região.
Comprovo não por olhos alheios
andaria, nem
grande teria apoio dos pequenos.

CORO

ANT. 1 *Eé!* Olhos cegos, tu assim os tens
151 de nascença? Tua vida é tão infausta
quão longa, ao que parece.
Mas no que me toca,
155 não terás mais estas pragas.
Vais longe, longe, mas não
neste inefável vale relvoso
não vás aonde cratera
d'água conflui com
160 melíflua poção,
evita isso, infausto hóspede!
Afasta-te! Retira-te!
Muito caminho separe!
165 Ouves, triste andante?
Se trazes uma palavra,
retira-te do ádito!
Fala onde lícito!
Preserva-te antes!

{ΟΙ.}

170 *θύγατερ, ποῖ τις φροντίδος ἔλθῃ;*

{ΑΝ.}

*ὦ πάτερ, ἀστοῖς ἴσα χρὴ μελετᾶν,*
*εἴκοντας ἃ δεῖ κἀκούοντας.*

{ΟΙ.}

*πρόσθιγέ νύν μου.*

{ΑΝ.}

*ψαύω καὶ δή.*

{ΟΙ.}

*ὦ ξεῖνοι, μὴ δῆτ᾽ ἀδικηθῶ,*
175 *σοὶ πιστεύσας, μεταναστάς.*

{ΧΟ.}

{STR. 2.} *οὔ τοι μήποτέ σ᾽ ἐκ τῶνδ᾽ ἑδράνων, ὦ γέρον, ἄκοντά τις ἄξει.*

{ΟΙ.}

*ἔτ᾽ οὖν;*

{ΧΟ.}

*ἔτι βαῖνε πόρσω.*

{ΟΙ.}

*ἔτι;*

{ΧΟ.}

180 *προβίβαζε, κούρα,*
*πόρσω· σὺ γὰρ ἀίεις.*

ÉDIPO

170 Filha, a que ponto ir do pensamento?

ANTÍGONA

Pai, devemos agir como os nativos,
cedendo se necessário e ouvindo.

ÉDIPO

Põe-me a mão.

ANTÍGONA

Eis que te toco.

ÉDIPO

Hóspedes, eu não sofra injustiça
175 por me fiar em vós e me afastar.

CORO

EST.2 Não te levarão invito destas sedes, ó velho.

ÉDIPO

Mais ainda?

CORO

Avança mais ainda!

ÉDIPO

Mais?

CORO

180 Impele-o, filha,
mais adiante, pois tu vês.

{AN.}

ἕπεο μάν, ἕπε᾽ ὧδ᾽ ἀμαυ-
ρῷ κώλῳ, πάτερ, ᾇ σ᾽ ἄγω.

{OI.}

<– – – –

{AN.}

UU – UU– U –
UU– UU – U–

{OI.}

UU– UU – –>

{XO.}

τόλμα ξεῖνος ἐπὶ ξένης,
185 ὦ τλάμων, ὅ τι καὶ πόλις
τέτροφεν ἄφιλον ἀποστυγεῖν
καὶ τὸ φίλον σέβεσθαι.

{OI.}

ἄγε νυν σύ με, παῖς,
ἵν᾽ ἂν εὐσεβίας ἐπιβαίνοντες
190 τὸ μὲν εἴποιμεν, τὸ δ᾽ ἀκούσαιμεν,
καὶ μὴ χρείᾳ πολεμῶμεν.

{XO.}

{ANT. 2.} αὐτοῦ· μηκέτι τοῦδ᾽ αὐτοπέτρου βήματος ἔξω πόδα κλίνῃς.

{OI.}

οὕτως;

ANTÍGONA

Segue, sim, segue com incerta
perna, ó pai, por onde te levo.

ÉDIPO

........................................

ANTÍGONA

.... .......................................
... ........................................

ÉDIPO

....... .......................................

CORO

Hóspede em hóspeda terra, ousa,
185 ó sofrido, ter horror ao que a urbe
tem por inimigo e honrar o amigo.

ÉDIPO

Leva-me, filha, aonde
no âmbito da piedade
190 ora falemos, ora ouçamos
sem guerra ao inevitável.

CORO

ANT.2 Aí! Não ponhas o pé fora desse degrau de pedra!

ÉDIPO

Aqui?

{ΧΟ.}

ἅλις, ὡς ἀκούεις.

{ΟΙ.}

ἦ ἑσθῶ;

{ΧΟ.}

195 λέχριός γ᾽ ἐπ᾽ ἄκρου
λάου βραχὺς ὀκλάσας.

{ΑΝ.}

πάτερ, ἐμὸν τόδ᾽· ἐν ἡσυχαί-
199 ᾳ βάσει βάσιν ἅρμοσαι –

{ΟΙ.}

198 ἰώ μοί μοι.

{ΑΝ.}

200 γεραὸν ἐς χέρα σῶμα σὸν
προκλίνας φιλίαν ἐμάν.

{ΟΙ.}

ὤμοι δύσφρονος ἄτας.

{ΧΟ.}

ὦ τλάμων, ὅτε νῦν χαλᾷς,
αὔδασον, τίς ἔφυς βροτῶν;
205 τίς ὁ πολύπονος ἄγῃ; τίν᾽ ἂν
σοῦ πατρίδ᾽ ἐκπυθοίμαν;

{ΟΙ.}

{Epode.} ὦ ξένοι, ἀπόπολις· ἀλλὰ μή –

CORO

Sim, como eu disse.

ÉDIPO

Sento?

CORO

195 De lado na ponta
da pedra baixo de cócoras.

ANTÍGONA

Pai, isso é comigo. Ajusta
199 tranquilo um passo a outro.

ÉDIPO

198 *Ió moí moi!*

ANTÍGONA

200 Apoia o corpo idoso
em meu braço amigo.

ÉDIPO

*Ómoi!* Que triste ruína!

CORO

Ó mísero, já relaxado
diz-nos que mortal és?
205 Que sofrido te conduzes?
Que pátria tua saberíamos?

ÉDIPO

Estou sem pátria, mas não...

{ΧΟ.}

*τί τόδ' ἀπεννέπεις, γέρον;*

{ΟΙ.}

210 *μή μή μ' ἀνέρῃ τίς εἰ-*
*μι, μηδ' ἐξετάσῃς πέρα ματεύων.*

{ΧΟ.}

*Τί δέ;*

{ΟΙ.}

*δεινὰ φύσις.*

{ΧΟ.}

*αὔδα.*

{ΟΙ.}

*τέκνον, ὤμοι, τί γεγώνω;*

{ΧΟ.}

*τίνος εἶ σπέρματος, < ὦ >*
215 *ξένε, φώνει, πατρόθεν;*

{ΟΙ.}

*ὤμοι ἐγώ, τί πάθω, τέκνον ἐμόν;*

{ΧΟ}

*λέγ', ἐπείπερ ἐπ' ἔσχατα βαίνεις.*

{ΟΙ.}

*ἀλλ' ἐρῶ· οὐ γὰρ ἔχω κατακρυφάν.*

CORO

O que tentas evitar, ancião?

ÉDIPO

210 Não, não me indagues quem
sou, nem investigues além.

CORO

Por quê?

ÉDIPO

Terrível ser.

CORO

Diz!

ÉDIPO

*Ómoi!* Filha, que dizer?

CORO

Hóspede, qual tua origem?
215 Diz quem são teus pais!

ÉDIPO

*Ómoi*! Que sofrer, filha?

CORO

Diz, já que não tens saída!

ÉDIPO

Direi, não tenho escusa.

{ΧΟ.}

μακρὰ μέλλεται· ἀλλὰ τάχυνε.

{ΟΙ.}

220 Λαΐου ἴστε τιν' –

{ΧΟ.}

220 ὤ· ἰοὺ ἰού.

{ΟΙ.}

τό τε Λαβδακιδᾶν γένος;

{ΧΟ.}

ὦ Ζεῦ.

{ΟΙ.}

ἄθλιον Οἰδιπόδαν;

{ΧΟ.}

σὺ γὰρ ὅδ' εἶ;

{ΟΙ.}

δέος ἴσχετε μηδὲν ὅσ' αὐδῶ.

{ΧΟ.}

ἰώ ὢ ὤ.

{ΟΙ.}

δύσμορος.

{ΧΟ.}

ὢ ὤ.

CORO

Muita demora, mas apressa-te!

ÉDIPO

Sabeis o filho de Laio?

CORO

220 *Ó! Ioû ioû!*

ÉDIPO

A casa dos Labdácidas?

CORO

Ó Zeus!

ÉDIPO

O triste Édipo?

CORO

Ora, tu és esse aí?

ÉDIPO

Não tenhais medo de nada que digo.

CORO

*Iò ò ó!*

ÉDIPO

Desventurado!

CORO

*Ò ó!*

{ΟΙ.}

225 *θύγατερ, τί ποτ᾽ αὐτίκα κύρσει;*

{ΧΟ.}

*ἔξω πόρσω βαίνετε χώρας.*

{ΟΙ.}

*ἃ δ᾽ ὑπέσχεο ποῖ καταθήσεις;*

{ΧΟ.}

*οὐδενὶ μοιριδία τίσις ἔρχεται*
230 *ὧν προπάθῃ τὸ τίνειν· ἀπάτα δ᾽ ἀπά-*
*ταις ἑτέραις ἑτέρα παραβαλλομέ-*
*να πόνον, οὐ χάριν, ἀντιδίδωσιν ἔ-*
*χειν. σὺ δὲ τῶνδ᾽ ἑδράνων πάλιν ἔκτοπος*
*αὖθις ἄφορμος ἐμᾶς χθονὸς ἔκθορε,*
235 *μή τι πέρα χρέος*
*ἐμᾷ πόλει προσάψῃς.*

{ΑΝ.}

*ὦ ξένοι αἰδόφρονες,*
*ἀλλ᾽ ἐπεὶ γεραὸν πατέρα*
*τόνδ᾽ ἐμὸν οὐκ ἀνέτλατ᾽ ἔργων*
240 *ἀκόντων ἀίοντες αὐδάν,*
*ἀλλ᾽ ἐμὲ τὰν μελέαν, ἱκετεύομεν,*
*ὦ ξένοι, οἰκτίραθ᾽, ἃ*
*πατρὸς ὑπὲρ τοῦ τλάμονος ἄντομαι,*
*ἄντομαι οὐκ ἀλαοῖς προσορωμένα*
245 *ὄμμα σὸν ὄμμασιν, ὥς τις ἀφ᾽ αἵματος*
*ὑμετέρου προφανεῖσα, τὸν ἄθλιον*
*αἰδοῦς κῦρσαι· ἐν ὑμῖν ὡς θεῷ*
*κείμεθα τλάμονες· ἀλλ᾽ ἴτε, νεύσατε*
*τὰν ἀδόκητον χάριν,*

ÉDIPO

225 Filha, o que afinal acontecerá agora?

CORO

Ide embora para longe desta terra!

ÉDIPO

Onde depositarás o que prometeste?

CORO

A ninguém Sorte pune por punir
230 anterior afronta. Uma fraude
rebatida com outras fraudes
traz em troca pesar, não graça.
Outra vez fora deste assento
vai-te longe de minha terra,
235 não atraias nenhuma
dívida à minha urbe!

ANTÍGONA

Ó hóspedes compassivos,
já que este ancião meu pai
não suportastes, sabedores
240 da fama dos invitos feitos,
ó hóspedes, eu vos suplico
apiedai-vos de mim, mísera,
que por sofrido pai imploro,
imploro fitando vossos olhos
245 não com olhos cegos, como
se surgida de vosso sangue,
alcance o mísero compaixão!
Fiamos em vós qual em Deus.
Eia, dai-nos a inopina graça!

250 *πρός σ᾽ ὅ τι σοι φίλον οἴκοθεν ἄντομαι,*
*ἢ τέκνον, ἢ λέχος, ἢ χρέος, ἢ θεός.*
*οὐ γὰρ ἴδοις ἂν ἀθρῶν βροτὸν ὅστις ἄν,*
*εἰ θεὸς ἄγοι,*
*ἐκφυγεῖν δύναιτο.*

250 Imploro-te pelo que te é caro,
filho ou dona ou dom ou Deus.
Nem vigiando se veria
se Deus conduzisse
mortal poder escapar.

*{ΧΟ.}*

*ἀλλ᾽ ἴσθι, τέκνον Οἰδίπου, σέ τ᾽ ἐξ ἴσου*
255 *οἰκτίρομεν καὶ τόνδε συμφορᾶς χάριν·*
*τὰ δ᾽ ἐκ θεῶν τρέμοντες οὐ σθένοιμεν ἂν*
*φωνεῖν πέρα τῶν πρὸς σὲ νῦν εἰρημένων.*

*{ΟΙ.}*

*τί δῆτα δόξης, ἢ τί κληδόνος καλῆς*
*μάτην ῥεούσης ὠφέλημα γίγνεται,*
260 *εἰ τάς γ᾽ Ἀθήνας φασὶ θεοσεβεστάτας*
*εἶναι, μόνας δὲ τὸν κακούμενον ξένον*
*σῴζειν οἵας τε καὶ μόνας ἀρκεῖν ἔχειν;*
*κἄμοιγε ποῦ ταῦτ᾽ ἐστίν, οἵτινες βάθρων*
*ἐκ τῶνδέ μ᾽ ἐξάραντες εἶτ᾽ ἐλαύνετε,*
265 *ὄνομα μόνον δείσαντες; οὐ γὰρ δὴ τό γε*
*σῶμ᾽ οὐδὲ τἄργα τἄμ᾽· ἐπεὶ τά γ᾽ ἔργα με*
*πεπονθότ᾽ ἴσθι μᾶλλον ἢ δεδρακότα,*
*εἴ σοι τὰ μητρὸς καὶ πατρὸς χρείη λέγειν,*
*ὧν οὕνεκ᾽ ἐκφοβῇ με· τοῦτ᾽ ἐγὼ καλῶς*
270 *ἔξοιδα· καίτοι πῶς ἐγὼ κακὸς φύσιν,*
*ὅστις παθὼν μὲν ἀντέδρων, ὥστ᾽ εἰ φρονῶν*
*ἔπρασσον, οὐδ᾽ ἂν ὧδ᾽ ἐγιγνόμην κακός;*
*νῦν δ᾽ οὐδὲν εἰδὼς ἱκόμην ἵν᾽ ἱκόμην,*
*ὑφ᾽ ὧν δ᾽ ἔπασχον, εἰδότων ἀπωλλύμην.*
275 *ἀνθ᾽ ὧν ἱκνοῦμαι πρὸς θεῶν ὑμᾶς, ξένοι,*
*ὥσπερ με κἀνεστήσαθ᾽, ὧδε σώσατε,*
*καὶ μὴ θεοὺς τιμῶντες εἶτα τοὺς θεοὺς*
*ποιεῖσθ᾽ ἀμαυροὺς μηδαμῶς· ἡγεῖσθε δὲ*
*βλέπειν μὲν αὐτοὺς πρὸς τὸν εὐσεβῆ βροτῶν,*

## [PRIMEIRO EPISÓDIO (254-667)]

CORO

Sabe, filha de Édipo, nesta situação
255 por igual nos apiedamos de ti e deste.
Por temor dos Deuses não poderíamos
dizer mais do que agora já temos dito.

ÉDIPO

Que proveito da glória e da bela fama
provém quando elas escoam em vão?
260 Se dizem que Atenas é a mais piedosa
e única a proteger o atribulado hóspede
e única a defendê-lo, onde para mim
está tudo isso, quando já me retirastes
destes assentos e agora me expulsais
265 só por temerdes o nome? Não a mim,
nem meus atos, pois sabei que sofri
os meus atos mais do que os cometi,
se devesse vos falar do pai e da mãe
por causa dos quais me temeis, isso
270 bem sei. Todavia, como eu por índole,
seria mau, se atacado revidei, que se
cônscio agisse, nem assim seria mau.
Ora, insciente cheguei onde cheguei,
cientes os por quem sofri e sucumbi.
275 Por isso, peço-vos por Deuses, hóspedes,
como me retirastes, assim me salvai,
se honrais os Deuses, não os tenhais
por inócuos nunca, mas considerai
que contemplam os mortais piedosos

280 *βλέπειν δὲ πρὸς τοὺς δυσσεβεῖς, φυγὴν δέ του*
*μήπω γενέσθαι φωτὸς ἀνοσίου ποτέ.*
*ξὺν οἷς σὺ μὴ κάλυπτε τὰς εὐδαίμονας*
*ἔργοις Ἀθήνας ἀνοσίοις ὑπηρετῶν.*
*ἀλλ᾽ ὥσπερ ἔλαβες τὸν ἱκέτην ἐχέγγυον,*
285 *ῥύου με κἀκφύλασσε· μηδέ μου κάρα*
*τὸ δυσπρόσοπτον εἰσορῶν ἀτιμάσῃς.*
*ἥκω γὰρ ἱερὸς εὐσεβής τε καὶ φέρων*
*ὄνησιν ἀστοῖς τοῖσδ᾽· ὅταν δ᾽ ὁ κύριος*
*παρῇ τις, ὑμῶν ὅστις ἐστὶν ἡγεμών,*
290 *τότ᾽ εἰσακούων πάντ᾽ ἐπιστήσῃ· τὰ δὲ*
*μεταξὺ τούτου μηδαμῶς γίγνου κακός.*

*{ΧΟ.}*

*ταρβεῖν μέν, ὦ γεραιέ, τἀνθυμήματα*
*πολλή ᾽στ᾽ ἀνάγκη τἀπὸ σοῦ· λόγοισι γὰρ*
*οὐκ ὠνόμασται βραχέσι. τοὺς δὲ τῆσδε γῆς*
295 *ἄνακτας ἀρκεῖ ταῦτά μοι διειδέναι.*

*{ΟΙ.}*

*καὶ ποῦ ᾽σθ᾽ ὁ κραίνων τῆσδε τῆς χώρας, ξένοι;*

*{ΧΟ.}*

*πατρῷον ἄστυ γῆς ἔχει· σκοπὸς δέ νιν,*
*ὃς κἀμὲ δεῦρ᾽ ἔπεμψεν, οἴχεται στελῶν.*

*{ΟΙ.}*

*ἦ καὶ δοκεῖτε τοῦ τυφλοῦ τιν᾽ ἐντροπὴν*
300 *ἢ φροντίδ᾽ ἕξειν, αὐτὸν ὥστ᾽ ἐλθεῖν πέλας;*

*{ΧΟ.}*

*καὶ κάρθ᾽, ὅταν περ τοὔνομ᾽ αἴσθηται τὸ σόν.*

280 bem como contemplam impiedosos
e não há como o ímpio lhes escapar.
Por Deuses não caleis a de bom Nume
Atenas por servirdes a ímpios feitos.
Recebestes-me súplice sob promessa,
285 defendei-me e guardai, nem por ver
meu rosto disforme não me desonreis!
Aqui venho sagrado e pio e portador
de proveito aos nativos. Quando o rei
estiver presente, quem quer que seja,
290 então ouvireis tudo e sabereis. Nesse
ínterim, não sejais em absoluto maus.

CORO

Respeitar teu conselho, ancião,
é obrigatório, pois não foi dito
com leveza, e a mim me basta
295 os chefes desta terra decidirem.

ÉDIPO

Mas onde está o soberano, hóspedes?

CORO

Mora na cidade pátria. O vigia
que nos trouxe aqui foi chamá-lo.

ÉDIPO

Credes que terá receio ou empenho
300 por um cego de modo a vir aqui?

CORO

Muito, assim que ouvir o teu nome.

*{ΟΙ.}*

*τίς δ᾽ ἔσθ᾽ ὁ κείνῳ τοῦτο τοὔπος ἀγγελῶν;*

*{ΧΟ.}*

*μακρὰ κέλευθος· πολλὰ δ᾽ ἐμπόρων ἔπη*
*φιλεῖ πλανᾶσθαι, τῶν ἐκεῖνος ἀίων,*
305 *θάρσει, παρέσται. πολὺ γάρ, ὦ γέρον, τὸ σὸν*
*ὄνομα διήκει πάντας, ὥστε κεἰ βραδὺς*
*εὕδει, κλύων σου δεῦρ᾽ ἀφίξεται ταχύς.*

*{ΟΙ.}*

*ἀλλ᾽ εὐτυχὴς ἵκοιτο τῇ θ᾽ αὑτοῦ πόλει*
*ἐμοί τε· τίς γὰρ ἐσθλὸς οὐχ αὑτῷ φίλος;*

*{ΑΝ.}*

310 *ὦ Ζεῦ, τί λέξω; ποῖ φρενῶν ἔλθω, πάτερ;*

*{ΟΙ.}*

*τί δ᾽ ἔστι, τέκνον Ἀντιγόνη;*

*{ΑΝ.}*

*γυναῖχ᾽ ὁρῶ*
*στείχουσαν ἡμῶν ἆσσον, Αἰτναίας ἐπὶ*
*πώλου βεβῶσαν· κρατὶ δ᾽ ἡλιοστερὴς*
*κυνῆ πρόσωπα Θεσσαλίς νιν ἀμπέχει.*
315 *τί φῶ;*
*ἆρ᾽ ἔστιν; ἆρ᾽ οὐκ ἔστιν; ἢ γνώμη πλανᾷ,*
*καὶ φημὶ κἀπόφημι κοὐκ ἔχω τί φῶ.*
*τάλαινα,*
*οὐκ ἔστιν ἄλλη. φαιδρὰ γοῦν ἀπ᾽ ὀμμάτων*
320 *σαίνει με προσστείχουσα· σημαίνει δ᾽ ὅτι*
*μόνης τόδ᾽ ἐστί, δῆλον, Ἰσμήνης κάρα.*

ÉDIPO

Quem é que vai lhe anunciar isto?

CORO

Longo é o caminho, muitas palavras
de viajantes pervagam, ao ouvi-las,
305 confia que virá. Teu nome, ancião,
por todos se espalha, que, se lerdo
dorme, ao ouvir, logo virá para cá.

ÉDIPO

Venturoso para sua urbe e para mim
venha! Quem é bom não se favorece?

ANTÍGONA

310 Ó Zeus, que dizer? Que pensar, pai?

ÉDIPO

Que é, filha Antígona?

ANTÍGONA

Vejo mulher
aproximar-se de nós em potra etneia,
circunda sua cabeça protetor do rosto
contra o sol chapéu de couro tessálio.
315 Que dizer?
Ora, é? Ora, não é? O tino perambula?
Digo e contradigo e não sei que dizer.
Infeliz,
ela não é outra. Com o olhar brilhante
320 saúda-me aproximando-se, faz sinais
isto é só dela, claro, cabeça de Ismena!

{ΟΙ.}

πῶς εἶπας, ὦ παῖ;

{ΑΝ.}

παῖδα σήν, ἐμὴν δ᾽ ὁρᾶν
ὅμαιμον· αὐδῇ δ᾽ αὐτίκ᾽ ἔξεστιν μαθεῖν.

{ΙΣΜΗΝΗ}

ὦ δισσὰ πατρὸς καὶ κασιγνήτης ἐμοὶ
325 ἥδιστα προσφωνήμαθ᾽, ὡς ὑμᾶς μόλις
εὑροῦσα λύπῃ δεύτερον μόλις βλέπω.

{ΟΙ.}

ὦ τέκνον, ἥκεις;

{ΙΣ.}

ὦ πάτερ δύσμορφ᾽ ὁρᾶν.

{ΟΙ.}

τέκνον, πέφηνας;

{ΙΣ.}

οὐκ ἄνευ μόχθου γ᾽ ἐμοῦ.

{ΟΙ.}

πρόσψαυσον, ὦ παῖ.

{ΙΣ.}

θιγγάνω δυοῖν ὁμοῦ.

{ΟΙ.}

ὦ σπέρμ᾽ ὅμαιμον.

ÉDIPO

Que disseste, filha?

ANTÍGONA

Vejo tua filha,
minha irmã, podes já saber pela voz.

ISMENA

Ó pai e irmã, os dois para mim mais
325 doces nomes, a que custo vos achei
e de novo a que custo de dor vos vejo.

ÉDIPO

Ó filha, vieste?

ISMENA

Ó pai, infausta vista!

ÉDIPO

Filha, apareceste?

ISMENA

Não sem fadiga.

ÉDIPO

Toca, filha.

ISMENA

Toco a ambos juntos.

ÉDIPO

Filhas irmãs!

{ΙΣ.}

330 *ὦ δυσάθλιαι τροφαί.*

{ΟΙ.}

*ἦ τῆσδε κἀμοῦ;*

{ΙΣ.}

*δυσμόρου δ' ἐμοῦ τρίτης.*

{ΟΙ.}

*τέκνον, τί δ' ἦλθες;*

{ΙΣ.}

*σῇ, πάτερ, προμηθίᾳ.*

{ΟΙ.}

*πότερα πόθοισι;*

{ΙΣ.}

*καὶ λόγων γ' αὐτάγγελος,*
*ξὺν ᾧπερ εἶχον οἰκετῶν πιστῷ μόνῳ.*

{ΟΙ.}

335 *οἱ δ' αὐθόμαιμοι πο νεανίαι πονεῖν;*

{ΙΣ.}

*εἴσ' οὗπέρ εἰσι· δεινὰ τἀν κείνοις τανῦν.*

{ΟΙ.}

*ὢ πάντ' ἐκείνω τοῖς ἐν Αἰγύπτῳ νόμοις*
*φύσιν κατεικασθέντε καὶ βίου τροφάς·*
*ἐκεῖ γὰρ οἱ μὲν ἄρσενες κατὰ στέγας*

ISMENA

330 Ó infaustas vidas!

ÉDIPO

Desta e minha.

ISMENA

Triste minha, três.

ÉDIPO

Filha, por que vieste?

ISMENA

A ti, pai, atenta.

ÉDIPO

Por saudades?

ISMENA

Portadora de notícias,
com o único servo fiel que eu tinha.

ÉDIPO

335 Onde os moços irmãos para servir?

ISMENA

Estão onde estão em tempo terrível.

ÉDIPO

Aos modos egípcios ambos em tudo
são semelhantes na índole e na vida,
pois lá os maridos sentados em casa

340 θακοῦσιν ἱστουργοῦντες, αἱ δὲ σύννομοι
τἄξω βίου τροφεῖα πορσύνουσ᾽ ἀεί.
σφῷν δ᾽, ὦ τέκν᾽, οὓς μὲν εἰκὸς ἦν πονεῖν τάδε,
κατ᾽ οἶκον οἰκουροῦσιν ὥστε παρθένοι,
σφὼ δ᾽ ἀντ᾽ ἐκείνοιν τἀμὰ δυστήνου κακὰ
345 ὑπερπονεῖτον. ἣ μέν, ἐξ ὅτου νέας
τροφῆς ἔληξε καὶ κατίσχυσεν δέμας,
ἀεὶ μεθ᾽ ἡμῶν δύσμορος πλανωμένη,
γερονταγωγεῖ, πολλὰ μὲν κατ᾽ ἀγρίαν
ὕλην ἄσιτος νηλίπους τ᾽ ἀλωμένη,
350 πολλοῖσι δ᾽ ὄμβροις ἡλίου τε καύμασι
μοχθοῦσα τλήμων δεύτερ᾽ ἡγεῖται τὰ τῆς
οἴκοι διαίτης, εἰ πατὴρ τροφὴν ἔχοι.
σὺ δ᾽, ὦ τέκνον, πρόσθεν μὲν ἐξίκου πατρὶ
μαντεῖ᾽ ἄγουσα πάντα, Καδμείων λάθρᾳ,
355 ἃ τοῦδ᾽ ἐχρήσθη σώματος, φύλαξ δέ μοι
πιστὴ κατέστης, γῆς ὅτ᾽ ἐξηλαυνόμην·
νῦν δ᾽ αὖ τίν᾽ ἥκεις μῦθον, Ἰσμήνη, πατρὶ
φέρουσα; τίς σ᾽ ἐξῆρεν οἴκοθεν στόλος;
ἥκεις γὰρ οὐ κενή γε, τοῦτ᾽ ἐγὼ σαφῶς
360 ἔξοιδα· μὴ οὐχὶ δεῖμ᾽ ἐμοὶ φέρουσά τι.

{ΙΣ.}

ἐγὼ τὰ μὲν παθήμαθ᾽ ἅπαθον, πάτερ,
ζητοῦσα τὴν σὴν ποῦ κατοικοίης τροφήν,
παρεῖσ᾽ ἐάσω. δὶς γὰρ οὐχὶ βούλομαι
πονοῦσά τ᾽ ἀλγεῖν καὶ λέγουσ᾽ αὖθις πάλιν.
365 ἃ δ᾽ ἀμφὶ τοῖν σοῖν δυσμόροιν παίδοιν κακὰ
νῦν ἐστι, ταῦτα σημανοῦσ᾽ ἐλήλυθα.
πρὶν μὲν γὰρ αὐτοῖς ἤρεσεν Κρέοντί τε
θρόνους ἐᾶσθαι μηδὲ χραίνεσθαι πόλιν,
λόγῳ σκοποῦσι τὴν πάλαι γένους φθοράν,
370 οἵα κατέσχε τὸν σὸν ἄθλιον δόμον·

340 urdem a trama no tear e suas esposas
fora sem cessar procuram o sustento.
Aos que cabia este serviço, ó filhas,
eles guardam a casa como donzelas
e em vez deles ambas vós nos males
345 valeis a este infausto. Desde que esta
saiu da infância e fortaleceu o corpo,
sempre errante comigo desventurado,
conduz o ancião, ora perambulando
em mato agreste sem pão descalça,
350 ora fatigando-se sob chuva e calor
do sol mísera desconsidera a vida
doméstica se o pai tem o sustento.
Mas tu, ó filha, antes vieste ao pai
às ocultas de cadmeus com vaticínios
355 sobre mim, foste minha fiel guardiã,
quando fui desterrado. Agora outra
vez, Ismena, que nova trazes ao pai?
Que missão te trouxe de casa? Pois
não frívola vieste, disso eu bem sei,
360 nem sem me trazeres algum temor.

ISMENA

As aflições que me afligiram, pai,
ao procurar onde alojarias a vida,
omitirei, pois não quero padecer
duas vezes, ao sofrer e ao contar.
365 Os males ora iminentes aos teus
dois infaustos filhos vim revelar.
Antes anuíram em deixar o trono
a Creonte e não conspurcar a urbe,
avaliando o antigo labéu da estirpe,
370 que persistia em tua infausta casa.

νῦν δ' ἐκ θεῶν του κἀξ ἀλειτηροῦ φρενὸς
εἰσῆλθε τοῖν τρισαθλίοιν ἔρις κακή,
ἀρχῆς λαβέσθαι καὶ κράτους τυραννικοῦ.
χὠ μὲν νεάζων καὶ χρόνῳ μείων γεγὼς
375 τὸν πρόσθε γεννηθέντα Πολυνείκη θρόνων
ἀποστερίσκει κἀξελήλακεν πάτρας.
ὁ δ', ὡς καθ' ἡμᾶς ἔσθ' ὁ πληθύων λόγος,
τὸ κοῖλον Ἄργος βὰς φυγάς, προσλαμβάνει
κῆδός τε καινὸν καὶ ξυνασπιστὰς φίλους,
380 ὡς αὐτίκ' αὐτὸς ἢ τὸ Καδμείων πέδον
τιμῇ καθέξον, ἢ πρὸς οὐρανὸν βιβῶν.
ταῦτ' οὐκ ἀριθμός ἐστιν, ὦ πάτερ, λόγων,
ἀλλ' ἔργα δεινά· τοὺς δὲ σοὺς ὅπῃ θεοὶ
πόνους κατοικτιοῦσιν οὐκ ἔχω μαθεῖν.

{ΟΙ.}

385 ἤδη γὰρ ἔσχες ἐλπίδ' ὡς ἐμοῦ θεοὺς
ὤραν τιν' ἕξειν, ὥστε σωθῆναί ποτε;

{ΙΣ.}

ἔγωγε τοῖς νῦν, ὦ πάτερ, μαντεύμασιν.

{ΟΙ.}

ποίοισι τούτοις; τί δὲ τεθέσπισται, τέκνον;

{ΙΣ.}

σὲ τοῖς ἐκεῖ ζητητὸν ἀνθρώποις ποτὲ
390 θανόντ' ἔσεσθαι ζῶντά τ' εὐσοίας χάριν.

{ΟΙ.}

τίς δ' ἂν τοιοῦδ' ὑπ' ἀνδρὸς εὖ πράξειεν ἄν;

Agora de Deus e de tino infrator
veio aos infelizes a maligna rixa
por tomar governo e régio poder.
O jovem e menor por tempo nato
375 despoja o nascido antes Polinices
do trono e expulsa da terra pátria.
Diz rumor espalhado entre nós
que este, exilado na cava Argos,
fez nova aliança e caros aliados,
380 para ele tomar a terra cadmeia
com honra ou elevar-se ao céu.
Isso não é conta de contos, pai,
mas fatos terríveis. Não sei onde
os Deuses terão dó de tuas dores.

ÉDIPO

385 Já esperaste terem os Deuses
desvelo de mim a me salvar?

ISMENA

Sim, pai, por recente vaticínio.

ÉDIPO

Qual? Que diz o vaticínio, filha?

ISMENA

Que um dia os de lá te buscarão
390 vivo ou morto por sua segurança.

ÉDIPO

Por varão tal quem estaria bem?

{ΙΣ.}

ἐν σοὶ τὰ κείνων φασὶ γίγνεσθαι κράτη.

{ΟΙ.}

ὅτ᾽ οὐκέτ᾽ εἰμί, τηνικαῦτ᾽ ἄρ᾽ εἴμ᾽ ἀνήρ;

{ΙΣ.}

νῦν γὰρ θεοί σ᾽ ὀρθοῦσι, πρόσθε δ᾽ ὤλλυσαν.

{ΟΙ.}

395 γέροντα δ᾽ ὀρθοῦν φλαῦρον ὃς νέος πέσῃ.

{ΙΣ.}

καὶ μὴν Κρέοντά γ᾽ ἴσθι σοι τούτων χάριν
ἥξοντα βαιοῦ κοὐχὶ μυρίου χρόνου.

{ΟΙ.}

ὅπως τί δράσῃ, θύγατερ; ἑρμήνευέ μοι.

{ΙΣ.}

ὥς σ᾽ ἄγχι γῆς στήσωσι Καδμείας, ὅπως
400 κρατῶσι μὲν σοῦ, γῆς δὲ μὴ ᾽μβαίνῃς ὅρων.

{ΟΙ.}

ἡ δ᾽ ὠφέλησις τίς θύρασι κειμένου;

{ΙΣ.}

κείνοις ὁ τύμβος δυστυχῶν ὁ σὸς βαρύς.

{ΟΙ.}

κἄνευ θεοῦ τις τοῦτό γ᾽ ἂν γνώμῃ μάθοι.

ISMENA

De ti, dizem, viria o seu poder.

ÉDIPO

Quando já não sou mais, valho?

ISMENA

Deuses te erguem, antes perdiam.

ÉDIPO

395 Pífio erguer velho que caiu jovem.

ISMENA

Sabe que por isso virá Creonte
a ti, em curto, não longo tempo.

ÉDIPO

Para que fazer, filha? Explica-me.

ISMENA

Para te pôr perto da terra cadmeia
400 e ter poder sobre ti sem nela pisares.

ÉDIPO

Qual o ganho se eu jazer fora dela?

ISMENA

Pesa-lhes a má sorte de tua tumba.

ÉDIPO

Sem o Deus o saberia quem pensa.

*{ΙΣ.}*

*τούτου χάριν τοίνυν σε προσθέσθαι πέλας*

405 *χώρας θέλουσι, μηδ' ἵν' ἂν σαυτοῦ κρατοῖς.*

*{ΟΙ.}*

*ἦ καὶ κατασκιῶσι Θηβαίᾳ κόνει;*

*{ΙΣ.}*

*ἀλλ' οὐκ ἐᾷ τοὔμφυλον αἷμά γ', ὦ πάτερ.*

*{ΟΙ.}*

*οὐκ ἆρ' ἐμοῦ γε μὴ κρατήσωσίν ποτε.*

*{ΙΣ.}*

*ἔσται ποτ' ἆρα τοῦτο Καδμείοις βάρος.*

*{ΟΙ.}*

410 *ποίας φανείσης, ὦ τέκνον, συναλλαγῆς;*

*{ΙΣ.}*

*τῆς σῆς ὑπ' ὀργῆς, σοῖς ὅταν στῶσιν τάφοις.*

*{ΟΙ.}*

*ἃ δ' ἐννέπεις κλύουσα τοῦ λέγεις, τέκνον;*

*{ΙΣ.}*

*ἀνδρῶν θεωρῶν Δελφικῆς ἀφ' ἑστίας.*

*{ΟΙ.}*

*καὶ ταῦτ' ἐφ' ἡμῖν Φοῖβος εἰρηκὼς κυρεῖ;*

ISMENA

Por isso querem te pôr nos arredores
405 e não onde terias teu próprio poder.

ÉDIPO

Ainda recobrirão com o pó tebano?

ISMENA

Mas não o permite o sangue tribal.

ÉDIPO

Não terão nunca poder sobre mim.

ISMENA

Isto será um peso para os cadmeus.

ÉDIPO

410 Por que súbita circunstância, filha?

ISMENA

Por tua ira, se pisarem a tua tumba.

ÉDIPO

De quem ouviste o que dizes, filha?

ISMENA

Dos consulentes do altar em Delfos.

ÉDIPO

Essa é a palavra de Febo sobre mim?

{ΙΣ.}

415 ὥς φασιν οἱ μολόντες ἐς Θήβης πέδον.

{ΟΙ.}

παίδων τις οὖν ἤκουσε τῶν ἐμῶν τάδε;

{ΙΣ.}

ἄμφω γ' ὁμοίως, κἀξεπίστασθον καλῶς.

{ΟΙ.}

κᾆθ' οἱ κάκιστοι τῶνδ' ἀκούσαντες πάρος
τοὐμοῦ πόθου προὔθεντο τὴν τυραννίδα;

{ΙΣ.}

420 ἀλγῶ κλύουσα ταῦτ' ἐγώ, φέρω δ' ὅμως.

{ΟΙ.}

ἀλλ' οἱ θεοί σφιν μήτε τὴν πεπρωμένην
ἔριν κατασβέσειαν, ἐν δ' ἐμοὶ τέλος
αὐτοῖν γένοιτο τῆσδε τῆς μάχης πέρι,
ἧς νῦν ἔχονται κἀπαναίρονται δόρυ·
425 ὡς οὔτ' ἂν ὃς νῦν σκῆπτρα καὶ θρόνους ἔχει
μείνειεν, οὔτ' ἂν οὑξεληλυθὼς πάλιν
ἔλθοι ποτ' αὖθις· οἵ γε τὸν φύσαντ' ἐμὲ
οὕτως ἀτίμως πατρίδος ἐξωθούμενον
οὐκ ἔσχον οὐδ' ἤμυναν, ἀλλ' ἀνάστατος
430 αὐτοῖν ἐπέμφθην κἀξεκηρύχθην φυγάς.
εἴποις ἂν ὡς θέλοντι τοῦτ' ἐμοὶ τότε
πόλις τὸ δῶρον εἰκότως κατῄνεσεν;
οὐ δῆτ', ἐπεί τοι τὴν μὲν αὐτίχ' ἡμέραν,
ὁπηνίκ' ἔζει θυμός, ἥδιστον δέ μοι
435 τὸ κατθανεῖν ἦν καὶ τὸ λευσθῆναι πέτροις,

ISMENA

415 Assim dizem os viajantes de Tebas.

ÉDIPO

Algum dos meus filhos ouviu isso?

ISMENA

Ambos ouviram e estão bem cientes.

ÉDIPO

Os perversos ouviram isso e põem
a realeza antes de minhas saudades?

ISMENA

420 Aflige-me ouvir isso, mas suporto.

ÉDIPO

Que os Deuses não lhes extingam
a fatídica rixa, e de mim dependa
o termo da batalha na qual agora
se empolgam e contrapõem lança,
425 pois nem o que tem cetro e trono
permaneceria, nem o que partiu
retornaria jamais. Ao ser expulso
da pátria tão sem honra, em mim
não viram pai nem me defenderam,
430 mas fui banido e declarado êxule.
Dirias que esse dom a mim grato
a urbe com razão me concedeu?
Não, porque naquele dia quando
me fervia o furor e o mais doce
435 me seria a morte e a lapidação,

οὐδεὶς ἐρῶτ᾽ ἐς τόνδ᾽ ἐφαίνετ᾽ ὠφελῶν·
χρόνῳ δ᾽, ὅτ᾽ ἤδη πᾶς ὁ μόχθος ἦν πέπων,
κἀμάνθανον τὸν θυμὸν ἐκδραμόντα μοι
μείζω κολαστὴν τῶν πρὶν ἡμαρτημένων,
440 τὸ τηνίκ᾽ ἤδη τοῦτο μὲν πόλις βίᾳ
ἤλαυνέ μ᾽ ἐκ γῆς χρόνιον, οἱ δ᾽ ἐπωφελεῖν,
οἱ τοῦ πατρός, τῷ πατρὶ δυνάμενοι, τὸ δρᾶν
οὐκ ἠθέλησαν, ἀλλ᾽ ἔπους σμικροῦ χάριν
φυγάς σφιν ἔξω πτωχὸς ἠλώμην ἀεί·
445 ἐκ ταῖνδε δ᾽, οὔσαιν παρθένοιν, ὅσον φύσις
δίδωσιν αὐταῖν, καὶ τροφὰς ἔχω βίου
καὶ γῆς ἄδειαν καὶ γένους ἐπάρκεσιν·
τὼ δ᾽ ἀντὶ τοῦ φύσαντος εἱλέσθην θρόνους
καὶ σκῆπτρα κραίνειν καὶ τυραννεύειν χθονός.
450 ἀλλ᾽ οὔ τι μὴ λάχωσι τοῦδε συμμάχου,
οὔτε σφιν ἀρχῆς τῆσδε Καδμείας ποτὲ
ὄνησις ἥξει· τοῦτ᾽ ἐγῷδα, τῆσδέ τε
μαντεῖ᾽ ἀκούων, συννοῶν τε θέσφατα
παλαίφαθ᾽ ἁμοὶ Φοῖβος ἤνυσέν ποτε.
455 πρὸς ταῦτα καὶ Κρέοντα πεμπόντων ἐμοῦ
μαστῆρα, κεἴ τις ἄλλος ἐν πόλει σθένει.
ἐὰν γὰρ ὑμεῖς, ὦ ξένοι, θέλητ᾽ ἐμοὶ
σὺν ταῖσδε ταῖς σεμναῖσι δημούχοις θεαῖς
ἀλκὴν ποεῖσθαι, τῇδε μὲν πόλει μέγαν
460 σωτῆρ᾽ ἀρεῖσθε, τοῖς δ᾽ ἐμοῖς ἐχθροῖς πόνους.

{ΧΟ.}

ἐπάξιος μέν, Οἰδίπους, κατοικτίσαι,
αὐτός τε παῖδές θ᾽ αἵδ᾽· ἐπεὶ δὲ τῆσδε γῆς
σωτῆρα σαυτὸν τῷδ᾽ ἐπεμβάλλεις λόγῳ,
παραινέσαι σοι βούλομαι τὰ σύμφορα.

ninguém se mostrou útil à gana.
Com tempo, a dor toda já branda,
compreendi ter excedido o furor
ao punir meus antigos desacertos,
440 aí nesse momento a urbe à força
tardia me baniu da terra, e filhos
do pai podendo ajudar ao pai
não agiram, mas sem uma fala
deles fui banido pobre exilado.
445 Destas duas, quanto a natureza
permite a moças, tenho víveres,
via segura e amparo familiar.
Os dois ao pai preferiram ter
trono e cetro e o poder da terra.
450 Mas de mim não terão aliança
nem da realeza cadmeia bem
algum, eu sei por ouvir prisco
vaticínio que Febo já cumpriu.
455 Que enviem Creonte à minha
procura ou outro chefe tebano!
Se vós, hóspedes, quiserdes
abrigar-me, com estas Deusas
augustas íncolas, dareis à urbe
460 real salvador e aos hostis dor.

CORO

Digno de compaixão és, Édipo,
tu e estas filhas. Já que te tornas
nessa fala salvador desta urbe,
quero te dizer conselhos úteis.

*{ΟΙ.}*

465 *ὦ φίλταθ᾽, ὡς νῦν πᾶν τελοῦντι προξένει.*

*{ΧΟ.}*

*θοῦ νῦν καθαρμὸν τῶνδε δαιμόνων, ἐφ᾽ ἃς*
*τὸ πρῶτον ἵκου καὶ κατέστειψας πέδον.*

*{ΟΙ.}*

*τρόποισι ποίοις; ὦ ξένοι, διδάσκετε.*

*{ΧΟ.}*

*πρῶτον μὲν ἱερὰς ἐξ ἀειρύτου χοὰς*
470 *κρήνης ἐνεγκοῦ, δι᾽ ὁσίων χειρῶν θιγών.*

*{ΟΙ.}*

*ὅταν δὲ τοῦτο χεῦμ᾽ ἀκήρατον λάβω;*

*{ΧΟ.}*

*κρατῆρές εἰσιν, ἀνδρὸς εὔχειρος τέχνη,*
*ὧν κρᾶτ᾽ ἔρεψον καὶ λαβὰς ἀμφιστόμους.*

*{ΟΙ.}*

*θαλλοῖσιν, ἢ κρόκαισιν, ἢ ποίῳ τρόπῳ;*

*{ΧΟ.}*

475 *οἰός νεώρους νεοπόκῳ μαλλῷ λαβών.*

*{ΟΙ.}*

*εἶεν· τὸ δ᾽ ἔνθεν ποῖ τελευτῆσαί με χρή;*

*{ΧΟ.}*

*χοὰς χέασθαι στάντα πρὸς πρώτην ἕω.*

ÉDIPO

465 Amigo, guia-me a teu dispor!

CORO

Faz rito lustral a estes Numes
onde primeiro viestes e pisas.

ÉDIPO

Como? Hóspedes, instrui-me!

CORO

Primeiro com mãos puras traz
470 sacras libações da fonte perene.

ÉDIPO

E quando tiver o intacto fluxo?

CORO

Há crateras, obra de hábil varão,
cobre-lhes a borda e duplas alças.

ÉDIPO

Com ramos, com velo, ou como?

CORO

475 Recém-tosada lã de ovelha nova.

ÉDIPO

Sim, e após como devo concluir?

CORO

Liba ereto para a primeira aurora.

{ΟΙ.}

ἦ τοῖσδε κρωσσοῖς οἷς λέγεις χέω τάδε;

{ΧΟ.}

τρισσάς γε πηγάς· τὸν τελευταῖον δ᾽ ὅλον –

{ΟΙ.}

480 τοῦ τόνδε πλήσας; προσδίδασκε καὶ τόδε.

{ΧΟ.}

ὕδατος, μελίσσης· μηδὲ προσφέρειν μέθυ.

{ΟΙ.}

ὅταν δὲ τούτων γῆ μελάμφυλλος τύχῃ;

{ΧΟ.}

τρὶς ἐννέ᾽ αὐτῇ κλῶνας ἐξ ἀμφοῖν χεροῖν
τιθεὶς ἐλαίας τάσδ᾽ ἐπεύχεσθαι λιτάς –

{ΟΙ.}

485 τούτων ἀκοῦσαι βούλομαι· μέγιστα γάρ.

{ΧΟ.}

ὥς σφας καλοῦμεν Εὐμενίδας, ἐξ εὐμενῶν
στέρνων δέχεσθαι τὸν ἱκέτην σωτήριους
αἰτοῦ σύ τ᾽ αὐτὸς κεἴ τις ἄλλος ἀντὶ σοῦ,
ἄπυστα φωνῶν μηδὲ μηκύνων βοήν.
490 ἔπειτ᾽ ἀφέρπειν ἄστροφος. καὶ ταῦτά σοι
δράσαντι θαρσῶν ἂν παρασταίην ἐγώ,
ἄλλως δὲ δειναίνοιμ᾽ ἄν, ὦ ξέν᾽, ἀμφὶ σοί.

ÉDIPO

Verto com os vasos de que falas?

CORO

Três águas, e por último toda ela.

ÉDIPO

480 Cheios de quê? Diz-me ainda isto.

CORO

De mel e água; não ponhas vinho!

ÉDIPO

E ao tê-las a terra de negras folhas?

CORO

Três vezes nove ramos desta oliveira
pondo de ambas as mãos nela, reza...

ÉDIPO

485 Isso quero ouvir, o mais importante.

CORO

"Chamadas Benévolas, com benévolo
peito recebei salvadoras o suplicante"
pede tu mesmo ou um outro por ti,
falando inaudível, sem erguer a voz.
490 Afasta-te após sem voltar. Feito isto,
eu te ajudaria confiante, mas de outro
modo, hóspede, eu teria medo por ti.

{ΟΙ.}

ὦ παῖδε, κλύετον τῶνδε προσχώρων ξένων;

{ΙΣ.}

ἠκούσαμέν τε χὤ τι δεῖ πρόστασσε δρᾶν.

{ΟΙ.}

495 ἐμοὶ μὲν οὐχ ὁδωτά· λείπομαι γὰρ ἐν
τῷ μὴ δύνασθαι μήδ᾽ ὁρᾶν, δυοῖν κακοῖν·
σφῷν δ᾽ ἡτέρα μολοῦσα πραξάτω τάδε.
ἀρκεῖν γὰρ οἶμαι κἀντὶ μυρίων μίαν
ψυχὴν τάδ᾽ ἐκτίνουσαν, ἢν εὔνους παρῇ.
500 ἀλλ᾽ ἐν τάχει τι πράσσετον· μόνον δέ με
μὴ λείπετ᾽. οὐ γὰρ ἂν σθένοι τοὐμὸν δέμας
ἔρημον ἕρπειν οὐδ᾽ ὑφηγητοῦ δίχα.

{ΙΣ.}

ἀλλ᾽ εἶμ᾽ ἐγὼ τελοῦσα· τὸν τόπον δ᾽ ἵνα
χρῆσταί μ᾽ ὑπουργεῖν, τοῦτο βούλομαι μαθεῖν.

{ΧΟ.}

505 τοὐκεῖθεν ἄλσους, ὦ ξένη, τοῦδ᾽. ἢν δέ του
σπάνιν τιν᾽ ἴσχῃς, ἔστ᾽ ἔποικος, ὃς φράσει.

{ΙΣ.}

χωροῖμ᾽ ἂν ἐς τόδ᾽· Ἀντιγόνη, σὺ δ᾽ ἐνθάδε
φύλασσε πατέρα τόνδε· τοῖς τεκοῦσι γὰρ
509 οὐδ᾽ εἰ πονῇ τις, δεῖ πόνου μνήμην ἔχειν.

ÉDIPO

Ouvistes, filhas, os hóspedes locais?

ISMENA

Ouvimos, diz o que devemos fazer.

ÉDIPO

495 Para mim não é viável, pois me faltam
as forças e as vistas, duplo infortúnio.
Uma, de vós ambas, vai e faz este ato.
Creio que, em vez de mil, basta uma
vida cumprir isto, se for benevolente.
500 Mas fazei-o rápido e não me deixeis
a sós, pois ermo não poderia o meu
corpo seguir, nem sem quem o guie.

ISMENA

Irei eu perfazê-lo, mas o lugar onde
devo prestar o serviço quero saber.

CORO

505 Além deste bosque, hóspeda, e se tu
precisares de algo, alguém lá te dirá.

ISMENA

Irei lá. Antígona, aqui cuida deste pai
pois se alguém trabalha por seus pais
509 não se deve ter lembrança do trabalho.

{ΧΟ.}

{STR. 1.} δεινὸν μὲν τὸ πάλαι κείμενον ἤδη κακόν, ὦ ξεῖν', ἐπεγείρειν·
ὅμως δ' ἔραμαί πυθέσθαι –

{ΟΙ.}

τί τοῦτο;

{ΧΟ.}

τᾶς δειλαίας ἀπόρου φανείσας
ἀλγηδόνος, ᾇ ξυνέστας.

{ΟΙ.}

515 μὴ πρὸς ξενίας ἀνοίξῃς
τᾶς σᾶς ἃ πέπονθ' ἀναιδῶς.

{ΧΟ.}

τό τοι πολὺ καὶ μηδαμὰ λῆγον
χρῄζω, ξεῖν', ὀρθὸν ἄκουσμ' ἀκοῦσαι.

{ΟΙ.}

ὤμοι.

{ΧΟ.}

στέρξον, ἱκετεύω.

{ΟΙ.}

φεῦ φεῦ.

[*KOMMÓS* (**510-548**)]

CORO

EST.1 É atroz despertar o mal há muito morto,
ó hóspede, todavia almejo saber...

ÉDIPO

O quê?

CORO

Infausta tribulação surgida
ínvia em que estiveste.

ÉDIPO

515 Por seres hóspede não abras
o vexame que padeci.

CORO

O vasto e incessante rumor,
hóspede, quero ouvir correto.

ÉDIPO

*Ómoi!*

CORO

Concede, suplico.

ÉDIPO

*Pheû pheû!*

{ΧΟ.}

520 πείθου· κἀγὼ γὰρ ὅσον σὺ προσχρῄζεις.

{ΟΙ.}

{ΑΝΤ. 1.} ἤνεγκον κακότατ', ὦ ξένοι, ἤνεγκον ἑκὼν μέν, θεὸς ἴστω·
τούτων δ' αὐθαίρετον οὐδέν.

{ΧΟ.}

ἀλλ' ἐς τί;

{ΟΙ.}

525 κακᾷ μ' εὐνᾷ πόλις οὐδὲν ἴδριν
γάμων ἐνέδησεν ἄτᾳ.

{ΧΟ.}

ἦ μετρόθεν, ὡς ἀκούω,
δυσώνυμα λέκτρ' ἐπλήσω;

{ΟΙ.}

ὤμοι, θάνατος μὲν τάδ' ἀκούειν,
530 ὦ ξεῖν'· αὗται δὲ δύ' ἐξ ἐμοῦ <μὲν>–

{ΧΟ.}

πῶς φῄς;

{ΟΙ.}

παῖδε, δύο δ' ἄτα –

{ΧΟ.}

ὦ Ζεῦ.

CORO

520 Atende, farei quanto pedires.

ÉDIPO

ANT.1 Sofri miséria, hóspede, sofri anuente,
saiba Deus, mas sem ter opção.

CORO

Quanto a quê?

ÉDIPO

525 A urbe atou-me ínscio a leito maligno
por erronia das núpcias.

CORO

Ao que ouvi, o materno
leito saciaste com infâmia?

ÉDIPO

*Ómoi!* Morte é ouvir isso,
530 hóspede! Eis minhas duas...

CORO

Que dizes?

ÉDIPO

Duas filhas, duas erronias...

CORO

Oh Zeus!

{ΟΙ.}

ματρὸς κοινᾶς ἀπέβλαστον ὠδῖνος.

{ΧΟ.}

{STR. 2.} σοί γ᾽ ἆρ᾽ ἀπόγονοί τ᾽ εἰσὶ καὶ –

{ΟΙ.}

535 κοιναί γε πατρὸς ἀδελφεαί.

{ΧΟ.}

ἰώ.

{ΟΙ.}

ἰὼ δῆτα μυ-
ρίων γ᾽ ἐπιστροφαὶ κακῶν.

{ΧΟ.}

ἔπαθες –

{ΟΙ.}

ἔπαθον ἄλαστ᾽ ἔχειν.

{ΧΟ.}

ἔρεξας –

{ΟΙ.}

οὐκ ἔρεξα.

{ΧΟ.}

τί γάρ;

ÉDIPO

Natas do parto de minha mãe.

CORO

EST.2 Elas são, pois, tuas filhas e...

ÉDIPO

535 Comuns do próprio pai irmãs.

CORO

*Ió!*

ÉDIPO

*Ió!* Recaída de mil males.

CORO

Sofreste.

ÉDIPO

Sofri o insuportável.

CORO

Fizeste...

ÉDIPO

Não fiz.

CORO

Como assim?

{ΟΙ.}

ἐδεξάμην

540 δῶρον, ὃ μήποτ᾽ ἐγὼ ταλακάρδιος

ἐπωφελήσας ὄφελον ἐξελέσθαι.

{ΧΟ.}

{ΑΝΤ. 2.} δύστανε, τί γάρ; ἔθου φόνον –

{ΟΙ.}

τί τοῦτο; τί δ᾽ ἐθέλεις μαθεῖν;

{ΧΟ.}

πατρός;

{ΟΙ.}

παπαῖ, δευτέραν

ἔπαισας, ἐπὶ νόσῳ νόσον.

{ΧΟ.}

545 ἔκανες –

{ΟΙ.}

ἔκανον. ἔχει δέ μοι –

{ΧΟ.}

Τί τοῦτο;

{ΟΙ.}

πρὸς δίκας τι.

{ΧΟ.}

τί γάρ;

ÉDIPO

540 Recebi dom que por meus serviços
não devia nunca merecer sofrer.

CORO

ANT.2 Infausto, então? Tu deste morte...

ÉDIPO

O quê? O que mais queres saber?

CORO

Ao teu pai?

ÉDIPO

*Papaî!* Outra vez
me golpeaste golpe sobre golpe.

CORO

545 Mataste...

ÉDIPO

Matei, mas nisto tenho...

CORO

O quê?

ÉDIPO

Justiça.

CORO

Qual?

{ΟΙ.}

ἐγὼ φράσω·
ἄτᾳ ἁλοὺς ἐφόνευσ᾽ ἀπό τ᾽ ὤλεσα,
νόμῳ δὲ καθαρός· ἄιδρις ἐς τόδ᾽ ἦλθον.

{ΧΟ.}

καὶ μὴν ἄναξ ὅδ᾽ ἡμὶν Αἰγέως γόνος
550 Θησεὺς κατ᾽ ὀμφὴν σὴν ἀποσταλεὶς πάρα.

{ΘΗΣΕΥΣ}

πολλῶν ἀκούων ἔν τε τῷ πάρος χρόνῳ
τὰς αἱματηρὰς ὀμμάτων διαφθορὰς
ἔγνωκά σ᾽, ὦ παῖ Λαΐου, τανῦν θ᾽ ὁδοῖς
ἐν ταῖσδε λεύσσων μᾶλλον ἐξεπίσταμαι.
555 σκευή τε γάρ σε καὶ τὸ δύστηνον κάρα
δηλοῦτον ἡμῖν ὄνθ᾽ ὃς εἶ, καί σ᾽ οἰκτίσας
θέλω ᾽περέσθαι, δύσμορ᾽ Οἰδίπου, τίνα
πόλεως ἐπέστης προστροπὴν ἐμοῦ τ᾽ ἔχων
αὐτός τε χἠ σὴ δύσμορος παραστάτις.
560 δίδασκε· δεινὴν γάρ τιν᾽ ἂν πρᾶξιν τύχοις
λέξας ὁποίας ἐξαφισταίμην ἐγώ·
ὡς οἶδα γ᾽ αὐτὸς ὡς ἐπαιδεύθην ξένος,
ὥσπερ σύ, χὡς εἷς πλεῖστ᾽ ἀνὴρ ἐπὶ ξένης
ἤθλησα κινδυνεύματ᾽ ἐν τὠμῷ κάρᾳ,
565 ὥστε ξένον γ᾽ ἂν οὐδέν᾽ ὄνθ᾽, ὥσπερ σὺ νῦν,
ὑπεκτραποίμην μὴ οὐ συνεκσῴζειν· ἐπεὶ
ἔξοιδ᾽ ἀνὴρ ὢν χὤτι τῆς ἐς αὔριον
οὐδὲν πλέον μοι σοῦ μέτεστιν ἡμέρας.

{ΟΙ.}

Θησεῦ, τὸ σὸν γενναῖον ἐν σμικρῷ λόγῳ
570 παρῆκεν ὥστε βραχέ᾽ ἐμοὶ δεῖσθαι φράσαι.
σὺ γάρ μ᾽ ὅς εἰμι κἀφ᾽ ὅτου πατρὸς γεγὼς

ÉDIPO

Eu direi
tomado de erronia, matei e dei fim,
mas por lei estou puro ínscio o fiz.

CORO

Eis aí vem nosso rei filho de Egeu
550 Teseu trazido pela tua mensagem.

TESEU

Por ouvir de muitos em outro tempo
as sangrentas mutilações dos olhos
reconheci-te, ó filho de Laio, e agora
ao te ver nesta via percebo ainda mais,
555 pois as vestes e a cabeça desfigurada
mostram-nos quem és. Condoído de ti,
ó infausto Édipo, quero vos perquirir
que pedido à urbe e a mim viestes tu
e tua infausta parceira nos apresentar.
560 Instrui-me, pois terias de dizer terrível
situação para que eu de ti me afastasse.
Estou sabendo que fui criado no exílio
tal qual tu, eu enfrentei a sós no exílio
muitíssimos perigos com risco de vida
565 de modo a não me furtar à cooperação
com forasteiro algum tal qual tu agora.
Bem sei que sou um mortal e que tenho
parte no amanhã não mais do que tens.

ÉDIPO

Teseu, tua nobreza com breve discurso
570 permitiu-me a precisão de pouco dizer.
Tu já me declaraste quem sou e de que

καὶ γῆς ὁποίας ἦλθον, εἰρηκὼς κυρεῖς·
ὥστ᾽ ἐστί μοι τὸ λοιπὸν οὐδὲν ἄλλο πλὴν
εἰπεῖν ἃ χρῄζω, χὠ λόγος διοίχεται.

{ΘΗ.}

575 τοῦτ᾽ αὐτὸ νῦν δίδασχ᾽, ὅπως ἂν ἐκμάθω.

{ΟΙ.}

δώσων ἱκάνω τοὐμὸν ἄθλιον δέμας
σοὶ, δῶρον οὐ σπουδαῖον εἰς ὄψιν· τὰ δὲ
κέρδη παρ᾽ αὐτοῦ κρείσσον᾽ ἢ μορφὴ καλή.

{ΘΗ.}

ποῖον δὲ κέρδος ἀξιοῖς ἥκειν φέρων;

{ΟΙ.}

580 χρόνῳ μάθοις ἄν, οὐχὶ τῷ παρόντι που.

{ΘΗ.}

ποίῳ γὰρ ἡ σὴ προσφορὰ δηλώσεται;

{ΟΙ.}

ὅταν θάνω ᾽γὼ καὶ σύ μου ταφεὺς γένῃ.

{ΘΗ.}

τὰ λοίσθι᾽ αἰτῇ τοῦ βίου, τὰ δ᾽ ἐν μέσῳ
ἢ λῆστιν ἴσχεις ἢ δι᾽ οὐδενὸς ποιῇ.

{ΟΙ.}

585 ἐνταῦθα γάρ μοι κεῖνα συγκομίζεται.

pai sou nascido e de que terra provenho
de modo que não me resta nada senão
dizer o que desejo e o discurso se finda.

TESEU

575 Diz agora isso mesmo para que eu saiba.

ÉDIPO

Venho te oferecer o meu surrado corpo,
dádiva não valiosa à vista, mas há nele
os proveitos superiores ao belo aspecto.

TESEU

580 E que de proveito avalias ser portador?

ÉDIPO

Com tempo saberias, talvez não agora.

TESEU

Quando, então, tua oferta ficará clara?

ÉDIPO

Quando eu morrer e tu me sepultares.

TESEU

Pedes o extremo ofício, ou te esqueces
do intermédio ou dele não fazes conta.

ÉDIPO

585 Nisso para mim converge tudo o mais.

*{ΘΗ.}*

*ἀλλ᾽ ἐν βραχεῖ δὴ τήνδε μ᾽ ἐξαιτῇ χάριν.*

*{ΟΙ.}*

*ὅρα γε μήν· οὐ σμικρός, οὔχ, ἁγὼν ὅδε.*

*{ΘΗ.}*

*πότερα τὰ τῶν σῶν ἐκγόνων ἢ τοῦ λέγεις;*

*{ΟΙ.}*

*κεῖνοι βαδίζειν κεῖσ᾽ ἀναγκάζουσί με.*

*{ΘΗ.}*

590 *ἀλλ᾽ εἰ θέλοντά γ᾽, οὐδὲ σοὶ φεύγειν καλόν.*

*{ΟΙ.}*

*ἀλλ᾽ οὐδ᾽, ὅτ᾽ αὐτὸς ἤθελον, παρίεσαν.*

*{ΘΗ.}*

*ὦ μῶρε, θυμὸς δ᾽ ἐν κακοῖς οὐ ξύμφορον.*

*{ΟΙ.}*

*ὅταν μάθῃς μου, νουθέτει, τανῦν δ᾽ ἔα.*

*{ΘΗ.}*

*δίδασκ᾽. ἄνευ γνώμης γὰρ οὔ με χρὴ ψέγειν.*

*{ΟΙ.}*

595 *πέπονθα, Θησεῦ, δεινὰ πρὸς κακοῖς κακά.*

*{ΘΗ.}*

*ἦ τὴν παλαιὰν ξυμφορὰν γένους ἐρεῖς;*

TESEU

Todavia breve tu me pedes essa graça.

ÉDIPO

Observa porém. Não é pouca esta luta.

TESEU

Tu te referes aos teus filhos ou a quem?

ÉDIPO

Eles me obrigarão a caminhar para lá.

TESEU

590 Se teu gosto é ir, não te é bom o exílio.

ÉDIPO

Mas quando quis ficar, não permitiram.

TESEU

Tolo, não é útil no infortúnio o furor.

ÉDIPO

Instruído de mim, adverte. Não antes.

TESEU

Instrui-me! Sem saber, não devo falar.

ÉDIPO

595 Teseu, terríveis males sofri e mais males.

TESEU

Referes-te à antiga conjuntura da família?

{ΟΙ.}

Οὐ δῆτ᾽· ἐπεὶ πᾶς τοῦτό γ᾽ Ἑλλήνων θροεῖ.

{ΘΗ.}

τί γὰρ τὸ μεῖζον ἢ κατ᾽ ἄνθρωπον νοσεῖς;

{ΟΙ.}

οὕτως ἔχει μοι· γῆς ἐμῆς ἀπηλάθην
600 πρὸς τῶν ἐμαυτοῦ σπερμάτων· ἔστιν δέ μοι
πάλιν κατελθεῖν μήποθ᾽, ὡς πατροκτόνῳ.

{ΘΗ.}

πῶς δῆτά σ᾽ ἂν πεμψαίαθ᾽, ὥστ᾽ οἰκεῖν δίχα;

{ΟΙ.}

τὸ θεῖον αὐτοὺς ἐξαναγκάσει στόμα.

{ΘΗ.}

ποῖον πάθος δείσαντας ἐκ χρηστηρίων;

{ΟΙ.}

605 ὅτι σφ᾽ ἀνάγκη τῇδε πληγῆναι χθονί.

{ΘΗ.}

καὶ πῶς γένοιτ᾽ ἂν τἀμὰ κἀκ κείνων πικρά;

{ΟΙ.}

ὦ φίλτατ᾽ Αἰγέως παῖ, μόνοις οὐ γίγνεται
θεοῖσι γῆρας οὐδὲ κατθανεῖν ποτε,
τὰ δ᾽ ἄλλα συγχεῖ πάνθ᾽ ὁ παγκρατὴς χρόνος.
610 φθίνει μὲν ἰσχὺς γῆς, φθίνει δὲ σώματος.
θνῄσκει δὲ πίστις, βλαστάνει δ᾽ ἀπιστία,

ÉDIPO

Não, pois disso toda a Grécia pode falar.

TESEU

Que dor padeces maior que a de mortais?

ÉDIPO

Eis como é de minha terra fui expulso
600 por meus próprios filhos, e não há como
eu retornar à pátria porque sou parricida.

TESEU

Por que te fariam ir lá para viver à parte?

ÉDIPO

Eles serão coagidos por palavra divina.

TESEU

Temorosos de que imposição oracular?

ÉDIPO

605 Porque devem ser golpeados nesta terra.

TESEU

Que amargor surgiria entre mim e eles?

ÉDIPO

Ó caríssimo filho de Egeu, só aos Deuses
não advém a velhice nem a morte enfim,
tudo o mais o Tempo onipotente confunde.
610 Fenece a força da terra, fenece a do corpo,
falece a confiança, floresce a desconfiança,

*καὶ πνεῦμα ταὐτὸν οὔποτ᾽ οὔτ᾽ ἐν ἀνδράσιν*
*φίλοις βέβηκεν οὔτε πρὸς πόλιν πόλει.*
*τοῖς μὲν γὰρ ἤδη, τοῖς δ᾽ ἐν ὑστέρῳ χρόνῳ*
615 *τὰ τερπνὰ πικρὰ γίγνεται καὖθις φίλα.*
*καὶ ταῖσι Θήβαις εἰ τανῦν εὐημερεῖ*
*καλῶς τὰ πρὸς σέ, μυρίας ὁ μυρίος*
*χρόνος τεκνοῦται νύκτας ἡμέρας τ᾽ ἰών,*
*ἐν αἷς τὰ νῦν ξύμφωνα δεξιώματα*
620 *δόρει διασκεδῶσιν ἐκ σμικροῦ λόγου·*
*ἵν᾽ οὑμὸς εὕδων καὶ κεκρυμμένος νέκυς*
*ψυχρός ποτ᾽ αὐτῶν θερμὸν αἷμα πίεται,*
*εἰ Ζεὺς ἔτι Ζεὺς χὠ Διὸς Φοῖβος σαφής.*
*ἀλλ᾽ οὐ γὰρ αὐδᾶν ἡδὺ τἀκίνητ᾽ ἔπη,*
625 *ἔα μ᾽ ἐν οἷσιν ἠρξάμην, τὸ σὸν μόνον*
*πιστὸν φυλάσσων· κοὔποτ᾽ Οἰδίπουν ἐρεῖς*
*ἀχρεῖον οἰκητῆρα δέξασθαι τόπων*
*τῶν ἐνθάδ᾽, εἴπερ μὴ θεοὶ ψεύσουσί με.*

*{ΧΟ.}*

*ἄναξ, πάλαι καὶ ταῦτα καὶ τοιαῦτ᾽ ἔπη*
630 *γῇ τῇδ᾽ ὅδ᾽ ἀνὴρ ὡς τελῶν ἐφαίνετο.*

*{ΘΗ.}*

*τίς δῆτ᾽ ἂν ἀνδρὸς εὐμένειαν ἐκβάλοι*
*τοιοῦδ᾽, ὅτῳ πρῶτον μὲν ἡ δορύξενος*
*κοινὴ παρ᾽ ἡμῖν αἰέν ἐστιν ἑστία;*
*ἔπειτα δ᾽ ἱκέτης δαιμόνων ἀφιγμένος*
635 *γῇ τῇδε κἀμοὶ δασμὸν οὐ σμικρὸν τίνει.*
*ἁγὼ σέβας θεὶς οὔποτ᾽ ἐκβαλῶ χάριν*
*τὴν τοῦδε, χώρᾳ δ᾽ ἔμπολιν κατοικιῶ.*
*εἰ δ᾽ ἐνθάδ᾽ ἡδὺ τῷ ξένῳ μίμνειν, σέ νιν*
*τάξω φυλάσσειν, εἴτ᾽ ἐμοῦ στείχειν μέτα.*
640 *τί δ᾽ ἡδὺ τούτων, Οἰδίπους, δίδωμί σοι*

nem o mesmo espírito entre varões amigos
permanece nem de uma urbe perante outra.
Para alguns, já, para outros, tempos depois,
615 os prazeres se tornam acres e de novo gratos.
Se hoje são felizes os dias de Tebas contigo,
o incontável Tempo gera incontáveis noites
e dias em cujo fluxo as acolhidas concordes
620 se desmancham à lança por frívola palavra,
quando o meu dormente e sepulto cadáver
regelado afinal beberá o seu cálido sangue,
se Zeus ainda é Zeus e o filho Febo é claro.
Não é suave o anúncio de palavras secretas,
625 deixa-me onde comecei, preserva somente
tua fiança, não dirás jamais que acolheste
em Édipo um residente inútil deste lugar
aqui, se deveras os Deuses não me iludem.

CORO

Senhor, há muito nos parece que este varão
630 cumprirá tais palavras em prol desta terra.

TESEU

Quem, pois, desprezaria essa benevolência
de varão tal, de quem primeiro por aliança
militar entre nós é sempre comum a lareira?
Depois, ao vir como suplicante dos Numes,
635 traz não pequeno tributo a esta terra e a mim.
Reverente, não desprezarei esta sua graça,
mas concidadão nesta terra o estabelecerei.
Se for grato ao hóspede permanecer aqui,
incumbo-te de guardá-lo, mas se for grato
640 vir comigo, dou-te, Édipo, escolher a qual

κρίναντι χρῆσθαι· τῇδε γὰρ ξυνοίσομαι.

{ΟΙ.}

ὦ Ζεῦ, διδοίης τοῖσι τοιούτοισιν εὖ.

{ΘΗ.}

τί δῆτα χρῄζεις; ἢ δόμους στείχειν ἐμούς;

{ΟΙ.}

εἴ μοι θέμις γ' ἦν. ἀλλ' ὁ χῶρός ἐσθ' ὅδε –

{ΘΗ.}

645 ἐν ᾧ τί πράξεις; οὐ γὰρ ἀντιστήσομαι.

{ΟΙ.}

ἐν ᾧ κρατήσω τῶν ἔμ' ἐκβεβληκότων.

{ΘΗ.}

μέγ' ἂν λέγοις δώρημα τῆς ξυνουσίας.

{ΟΙ.}

εἰ σοί γ' ἅπερ φῂς ἐμμενεῖ τελοῦντί μοι.

{ΘΗ.}

θάρσει τὸ τοῦδέ γ' ἀνδρός· οὔ σε μὴ προδῶ.

{ΟΙ.}

650 οὔτοι σ' ὑφ' ὅρκου γ' ὡς κακὸν πιστώσομαι.

{ΘΗ.}

οὔκουν πέρα γ' ἂν οὐδὲν ἢ λόγῳ φέροις.

destas dás preferência, e estarei de acordo.

ÉDIPO

Ó Zeus, sejas a tais varões bom doador!

TESEU

O que preferes? Virás comigo para casa?

ÉDIPO

Se isso me fosse lícito! Mas o lugar é este...

TESEU

645 Onde que farás? Pois não me contraporei.

ÉDIPO

Onde suplantarei os que me expulsaram.

TESEU

Grande dom dirias advindo da presença.

ÉDIPO

Se as tuas promessas se me mantiverem.

TESEU

Confia neste varão, não te trairei nunca.

ÉDIPO

650 Não vincularei sob juras como ao vil.

TESEU

Não terias nada mais além da palavra.

{ΟΙ.}

*πῶς οὖν ποιήσεις;*

*{ΘΗ.}*

*τοῦ μάλιστ᾽ ὄκνος σ᾽ ἔχει;*

*{ΟΙ.}*

*ἥξουσιν ἄνδρες –*

*{ΘΗ.}*

*ἀλλὰ τοῖσδ᾽ ἔσται μέλον.*

*{ΟΙ.}*

*ὅρα με λείπων –*

*{ΘΗ.}*

*μὴ δίδασχ᾽ ἃ χρή με δρᾶν.*

*{ΟΙ.}*

*ὀκνοῦντ᾽ ἀνάγκη –*

*{ΘΗ.}*

655 *τοὐμὸν οὐκ ὀκνεῖ κέαρ.*

*{ΟΙ.}*

*οὐκ οἶσθ᾽ ἀπειλάς –*

*{ΘΗ.}*

*οἶδ᾽ ἐγώ σε μή τινα*
*ἐνθένδ᾽ ἀπάξοντ᾽ ἄνδρα πρὸς βίαν ἐμοῦ.*
*[πολλαὶ δ᾽ ἀπειλαὶ πολλὰ δὴ μάτην ἔπη*
*θυμῷ κατηπείλησαν· ἀλλ᾽ ὁ νοῦς ὅταν*

ÉDIPO

Como farás?

TESEU

De que tens o temor?

ÉDIPO

Virão varões.

TESEU

Disso estes cuidarão.

ÉDIPO

Vê me deixares...

TESEU

Não ensines o ofício.

ÉDIPO

Coerção intimida.

TESEU

655 Não meu coração.

ÉDIPO

Não sabes de ameaças.

TESEU

Sei que nenhum
varão à força contra mim te levará daqui.
Muitas ameaças com muitas fúteis palavras
em fúria ameaçam, mas quando o espírito

660 *αὐτοῦ γένηται, φροῦδα τἀπειλήματα.]*
*κείνοις δ' ἴσως κεἰ δείν' ἐπερρώσθη λέγειν*
*τῆς σῆς ἀγωγῆς, οἶδ' ἐγώ, φανήσεται*
*μακρὸν τὸ δεῦρο πέλαγος οὐδὲ πλώσιμον.*
*θαρσεῖν μὲν οὖν ἔγωγε κἄνευ τῆς ἐμῆς*
665 *γνώμης ἐπαινῶ, Φοῖβος εἰ προὔπεμψέ σε·*
*ὅμως δὲ κἀμοῦ μὴ παρόντος οἶδ' ὅτι*
*τοὐμὸν φυλάξει σ' ὄνομα μὴ πάσχειν κακῶς.*

660 chega a si mesmo, dissipam-se as ameaças.
Ainda que estrênuos com terrível clamor
de tua remoção, eu sei que lhes parecerá
vasto o pélago até aqui e ainda inavegável.
Ânimo, ainda que sem minha resolução,
665 eu te exorto, se essa escolta Febo te fez.
Ainda que eu não esteja presente, eu sei
que meu nome te preservará de maus-tratos.

{ΧΟ.}

{STR. 1.} εὐίππου, ξένε, τᾶσδε χώρας ἵκου τὰ κράτιστα γᾶς ἔπαυλα,
670 τὸν ἀργῆτα Κολωνόν, ἔνθ᾿
ἁ λίγεια μινύρεται
θαμίζουσα μάλιστ᾿ ἀη-
δὼν χλωραῖς ὑπὸ βάσσαις,
τὸν οἰνωπὸν ἔχουσα κισ-
675 σὸν καὶ τὰν ἄβατον θεοῦ
φυλλάδα μυριόκαρπον ἀνήλιον
ἀνήνεμόν τε πάντων
χειμώνων· ἵν᾿ ὁ Βακχιώ-
τας ἀεὶ Διόνυσος ἐμβατεύει
680 θείαις ἀμφιπολῶν τιθήναις.

{ANT. 1.} θάλλει δ᾿ οὐρανίας ὑπ᾿ ἄ-
χνας ὁ καλλίβοτρυς κατ᾿ ἦμαρ αἰεὶ
νάρκισσος, μεγάλαιν θεαῖν
ἀρχαῖον στεφάνωμ᾿, ὅ τε
685 χρυσαυγὴς κρόκος· οὐδ᾿ ἄυ-
πνοι κρῆναι μινύθουσιν
Κηφισοῦ νομάδες ῥεέ-
θρων, ἀλλ᾿ αἰὲν ἐπ᾿ ἤματι
ὠκυτόκος πεδίων ἐπινίσεται
690 ἀκηράτῳ ξὺν ὄμβρῳ
στερνούχου χθονός· οὐδὲ Μου-
σᾶν χοροί νιν ἀπεστύγησαν, οὐδ᾿ αὖθ᾿
ἁ χρυσάνιος Ἀφροδίτα.

## [PRIMEIRO ESTÁSIMO (668-719)]

CORO

EST.1 Hóspede, nesta região equestre,
vieste ao lar mais belo da terra,
670 ao brilhante Colono,
onde gorjeia gárrulo
o assíduo rouxinol
nos verdes vales
nativo de hera vinácea
675 e intacta fronde divina
frutífera sem sol nem
vento a cada inverno,
onde Dioniso Baco
sempre perambula
680 com divinas nutrizes.

ANT.1 Florescem sob orvalho celeste
todo dia sempre bem cacheado
o narciso, prístina coroa
das duas grandes Deusas,
685 e o açafrão cor de ouro.
Não mínguam insones
erradias fontes de fluxos
do Cefiso, que todo dia
percorre fértil na planície
690 com água fresca o solo
sinuoso. Nem os coros
de Musas o repelem, nem
Afrodite de áureas rédeas.

{STR. 2.} ἔστιν δ᾽ οἷον ἐγὼ γᾶς Ἀσίας οὐκ ἐπακούω,
696 οὐδ᾽ ἐν τᾷ μεγάλᾳ Δωρίδι νάσῳ Πέλοπος πώποτε βλαστὸν
φύτευμ᾽ ἀχείρωτον αὐτοποιόν,
ἐγχέων φόβημα δαΐων,
700 ὃ τᾷδε θάλλει μέγιστα χώρᾳ,
γλαυκᾶς παιδοτρόφου φύλλον ἐλαίας.
τὸ μέν τις οὐ νεαρὸς ουδὲ γήρᾳ
συνναίων ἁλιώσει χερὶ πέρσας·
ὁ δ᾽ αἰὲν ὁρῶν κύκλος
705 λεύσσει νιν Μορίου Διὸς
χἀ γλαυκῶπις Ἀθάνα.

{ANT. 2.} ἄλλον δ᾽ αἶνον ἔχω ματροπόλει τᾷδε κράτιστον,
710 δῶρον τοῦ μεγάλου δαίμονος, εἰπεῖν, ⊠χθονὸς⊠ αὔχημα μέγιστον,
εὔιππον, εὔπωλον, εὐθάλασσον.
ὦ παῖ Κρόνου, σὺ γάρ νιν ἐς
τόδ᾽ εἷσας αὔχημ᾽, ἄναξ Ποσειδάν,
ἵπποισιν τὸν ἀκεστῆρα χαλινὸν
715 πρώταισι ταῖσδε κτίσας ἀγυιαῖς.
ἁ δ᾽ εὐήρετμος ἔκπαγλα χοροῖσιν
παραπτομένα πλάτα
θρῴσκει, τῶν ἑκατομπόδων
Νηρῄδων ἀκόλουθος.

EST.2 Há, como não ouvi haver em ásia terra
696 nem brotar na grande ilha dória de Pélops,
planta invencível e autógena,
terror de lanças inimigas,
700 que nesta região mais floresce,
folha de oliva glauca nutriz de filho.
Nem jovem nem junto a Velhice
ninguém a destruirá com a mão.
O sempre vigilante círculo
705 de Zeus olíveo a admira,
e de olhos glaucos Atena.

ANT.2 Outro louvor maior a esta mãe-urbe tenho
710 a dizer, dom do grande Nume, glória maior,
belo corcel, belo potro, belo mar.
Ó filho de Crono, tu a puseste
nesta glória, senhor Posídon,
ao criar primeiro nestas vias
715 o freio domador de equinos.
Portentoso remador
o remo salta em voo
seguidor dos coros
de centípedes Nereidas.

{ΑΝ.}

720 ὦ πλεῖστ᾽ ἐπαίνοις εὐλογούμενον πέδον,
νῦν σοὶ τὰ λαμπρὰ ταῦτα δεῖ φαίνειν ἔπη.

{ΟΙ.}

τί δ᾽ ἔστιν, ὦ παῖ, καινόν;

{ΑΝ.}

ἆσσον ἔρχεται
Κρέων ὅδ᾽ ἡμῖν οὐκ ἄνευ πομπῶν, πάτερ.

{ΟΙ.}

ὦ φίλτατοι γέροντες, ἐξ ὑμῶν ἐμοὶ
725 φαίνοιτ᾽ ἂν ἤδη τέρμα τῆς σωτηρίας.

{ΧΟ.}

θάρσει, παρέσται· καὶ γάρ, εἰ γέρων ἐγώ,
τὸ τῆσδε χώρας οὐ γεγήρακεν σθένος.

{ΚΡΕΩΝ}

ἄνδρες χθονὸς τῆσδ᾽ εὐγενεῖς οἰκήτορες,
ὁρῶ τιν᾽ ὑμᾶς ὀμμάτων εἰληφότας
730 φόβον νεώρη τῆς ἐμῆς ἐπεισόδου·
ὃν μήτ᾽ ὀκνεῖτε μήτ᾽ ἀφῆτ᾽ ἔπος κακόν.
ἥκω γὰρ οὐχ ὡς δρᾶν τι βουληθείς, ἐπεὶ
γέρων μέν εἰμι, πρὸς πόλιν δ᾽ ἐπίσταμαι
σθένουσαν ἥκων, εἴ τιν᾽ Ἑλλάδος, μέγα.
735 ἀλλ᾽ ἄνδρα τόνδε τηλικόσδ᾽ ἀπεστάλην

## [SEGUNDO EPISÓDIO (720-1043)]

ANTÍGONA

720 Ó solo celebrado com muitos louvores,
agora te cabe comprovar as belas falas!

ÉDIPO

O que há de novo, filha?

ANTÍGONA

Eis que nos
vem Creonte, não sem um séquito, pai!

ÉDIPO

Ó caríssimos anciãos, provindo de vós
725 já se me mostraria o termo da salvação.

CORO

Ânimo! Virá! Ainda que eu seja velho,
a força deste território não envelheceu.

CREONTE

Senhores nobres residentes deste solo,
vejo que vós estais tomados de algum
730 recente temor à vista de minha entrada.
Não receeis nem emitais más palavras!
Venho sem intenção de vos fazer algo,
pois sou velho e sei que venho a urbe
de grande poder, se alguma na Grécia.
735 Por idoso fui enviado para persuadir

*πείσων ἕπεσθαι πρὸς τὸ Καδμείων πέδον,*
*οὐκ ἐξ ἑνὸς στείλαντος, ἀλλ᾽ ἀστῶν ὑπὸ*
*πάντων κελευσθείς, οὕνεχ᾽ ἧκέ μοι γένει*
*τὰ τοῦδε πενθεῖν πήματ᾽ εἰς πλεῖστον πόλεως.*
740 *ἀλλ᾽, ὦ ταλαίπωρ᾽ Οἰδίπους, κλύων ἐμοῦ*
*ἱκοῦ πρὸς οἴκους. πᾶς σε Καδμείων λεὼς*
*καλεῖ δικαίως, ἐκ δὲ τῶν μάλιστ᾽ ἐγώ·*
*[ὅσῳπερ, εἰ μὴ πλεῖστον ἀνθρώπων ἔφυν]*
*μάλιστα δ᾽ ἀλγῶ τοῖσι σοῖς κακοῖς, γέρον,*
745 *ὁρῶν σε τὸν δύστηνον ὄντα μὲν ξένον,*
*ἀεὶ δ᾽ ἀλήτην κἀπὶ προσπόλου μιᾶς*
*βιοστερῆ χωροῦντα, τὴν ἐγὼ τάλας*
*οὐκ ἄν ποτ᾽ ἐς τοσοῦτον αἰκίας πεσεῖν*
*ἔδοξ᾽, ὅσον πέπτωκεν ἥδε δύσμορος,*
750 *ἀεί σε κηδεύουσα καὶ τὸ σὸν κάρα*
*πτωχῷ διαίτῃ, τηλικοῦτος, οὐ γάμων*
*ἔμπειρος, ἀλλὰ τοὐπιόντος ἁρπάσαι.*
*ἆρ᾽ ἄθλιον τοὔνειδος, ὢ τάλας ἐγώ,*
*ὠνείδισ᾽ ἐς σὲ κἀμὲ καὶ τὸ πᾶν γένος;*
755 *ἀλλ᾽ οὐ γὰρ ἔστι τἀμφανῆ κρύπτειν, σύ νυν*
*πρὸς θεῶν πατρῴων, Οἰδίπους, πεισθεὶς ἐμοὶ*
*†κρύψον† θελήσας ἄστυ καὶ δόμους μολεῖν*
*τοὺς σοὺς πατρῴους, τήνδε τὴν πόλιν φίλως*
*εἰπών· ἐπαξία γάρ· ἡ δ᾽ οἴκοι πλέον*
760 *δίκῃ σέβοιτ᾽ ἄν, οὖσα σὴ πάλαι τροφός.*

*{ΟΙ.}*

*ὦ πάντα τολμῶν κἀπὸ παντὸς ἂν φέρων*
*λόγου δικαίου μηχάνημα ποικίλον,*
*τί ταῦτα πειρᾷ κἀμὲ δεύτερον θέλεις*
*ἑλεῖν, ἐν οἷς μάλιστ᾽ ἂν ἀλγοίην ἁλούς;*
765 *πρόσθεν τε γάρ με τοῖσιν οἰκείοις κακοῖς*
*νοσοῦνθ᾽, ὅτ᾽ ἦν μοι τέρψις ἐκπεσεῖν χθονός,*

este varão a retornar ao solo cadmeu,
em nome não de um, mas incumbido
por todos os cidadãos. Nato me cabe
mais do que à urbe prantear sua dor.
740 Vamos, ó infausto Édipo, ouve-me,
vem para casa, todo o povo cadmeu
com justiça te chama e sobretudo eu.
Se não nasci o mais torpe dos mortais,
mais me aflijo com teus males, velho,
745 ao atestar que estás mísero forasteiro
sempre errante andarilho sem víveres
com uma só servidora que eu mísero
não suporia jamais cair em tamanho
ultraje, em que tombou por má sorte,
750 sempre cuidando de ti e de tua vida
na mendicância, jovem inexperiente
de núpcias à mercê de quem a rapte.
Ora, triste vitupério, mísero de mim,
vituperei a ti, a mim e à família toda?
755 Mas o evidente não se pode ocultar.
Por Deuses pátrios, Édipo, escuta-me,
oculta-te e vai à cidade e à tua casa
paterna! Saúda esta urbe, merecida.
A urbe familiar com maior justiça
760 venerarias por ser tua prisca nutriz.

ÉDIPO

Ó tu tão atrevido que tirarias de todo
justo argumento astuciosa armadilha,
por que tentas isso e outra vez queres
prender-me onde preso mais sofreria?
765 Outrora turvo de meus próprios males
quando me era grato o exílio da terra

*οὐκ ἤθελες θέλοντι προσθέσθαι χάριν,*<br>
*ἀλλ᾽ ἡνίκ᾽ ἤδη μεστὸς ἦ θυμούμενος,*<br>
*καὶ τοὐν δόμοισιν ἦν διαιτᾶσθαι γλυκύ,*<br>
770 *τότ᾽ ἐξεώθεις κἀξέβαλλες, οὐδέ σοι*<br>
*τὸ συγγενὲς τοῦτ᾽ οὐδαμῶς τότ᾽ ἦν φίλον·*<br>
*νῦν τ᾽ αὖθις, ἡνίκ᾽ εἰσορᾷς πόλιν τέ μοι*<br>
*ξυνοῦσαν εὔνουν τήνδε καὶ γένος τὸ πᾶν,*<br>
*πειρᾷ μετασπᾶν, σκληρὰ μαλθακῶς λέγων.*<br>
775 *καὶ τίς τοσαύτη τέρψις, ἄκοντας φιλεῖν;*<br>
*ὥσπερ τις εἴ σοι λιπαροῦντι μὲν τυχεῖν*<br>
*μηδὲν διδοίη μηδ᾽ ἐπαρκέσαι θέλοι,*<br>
*πλήρη δ᾽ ἔχοντι θυμὸν ὧν χρῄζοις, τότε*<br>
*δωροῖθ᾽, ὅτ᾽ οὐδὲν ἡ χάρις χάριν φέροι·*<br>
780 *ἆρ᾽ ἂν ματαίου τῆσδ᾽ ἂν ἡδονῆς τύχοις;*<br>
*τοιαῦτα μέντοι καὶ σὺ προσφέρεις ἐμοί,*<br>
*λόγῳ μὲν ἐσθλά, τοῖσι δ᾽ ἔργοισιν κακά.*<br>
*φράσω δὲ καὶ τοῖσδ᾽, ὥς σε δηλώσω κακόν.*<br>
*ἥκεις ἔμ᾽ ἄξων, οὐχ ἵν᾽ ἐς δόμους ἄγῃς,*<br>
785 *ἀλλ᾽ ὡς πάραυλον οἰκίσῃς, πόλις δέ σοι*<br>
*κακῶν ἄνατος τῆσδ᾽ ἀπαλλαχθῇ χθονός.*<br>
*οὐκ ἔστι σοι ταῦτ᾽, ἀλλά σοι τάδ᾽ ἔστ᾽, ἐκεῖ*<br>
*χώρας ἀλάστωρ οὑμὸς ἐνναίων ἀεί·*<br>
*ἔστιν δὲ παισὶ τοῖς ἐμοῖσι τῆς ἐμῆς*<br>
790 *χθονὸς λαχεῖν τοσοῦτον, ἐνθανεῖν μόνον.*<br>
*ἆρ᾽ οὐκ ἄμεινον ἢ σὺ τἀν Θήβαις φρονῶ;*<br>
*πολλῷ γ᾽, ὅσῳπερ κἀκ σαφεστέρων κλύω,*<br>
*Φοίβου τε καὐτοῦ Ζηνός, ὃς κείνου πατήρ.*<br>
*τὸ σὸν δ᾽ ἀφῖκται δεῦρ᾽ ὑπόβλητον στόμα,*<br>
795 *πολλὴν ἔχον στόμωσιν· ἐν δὲ τῷ λέγειν*<br>
*κάκ᾽ ἂν λάβοις τὰ πλείον᾽ ἢ σωτήρια.*<br>
*ἀλλ᾽ οἶδα γάρ σε ταῦτα μὴ πείθων, ἴθι·*<br>
*ἡμᾶς δ᾽ ἔα ζῆν ἐνθάδ᾽· οὐ γὰρ ἂν κακῶς*<br>
*οὐδ᾽ ὧδ᾽ ἔχοντες ζῷμεν, εἰ τερποίμεθα.*

não quiseste me dar a requerida graça,
mas quando já ficara saciado do furor
e era um prazer morar em minha casa
770 então tu me expulsaste e tu me baniste
e nem esse parentesco não te era grato.
Agora outra vez quando vês esta urbe
acolher-me benévola e toda esta gente,
tentas me levar falando doce a dureza.
775 Que tanto prazer de amar os coagidos?
Tal qual se quando pedisses um aporte
não te dessem nem quisessem ajudar,
mas ao te locupletares do que te faltava,
então dessem quando sem graça a graça.
780 Ora, não obterias em vão esse prazer?
Assim, todavia, é a oferta que me fazes,
na palavra é benefício, de fato é o mal.
Direi a estes para mostrar que és mau.
Vens me levar, não me levar para casa,
785 mas instalar-me na fronteira e tua urbe
escapar incólume dos males deste solo.
Isso não é teu, mas terás minha vindita
desta região sempre a conviver por lá.
Aos meus filhos cabe receber de minha
790 terra quanto lhes basta para morrer nela.
Quanto a Tebas não sei mais do que tu?
Muito, porquanto mais claro perscruto
Febo e o próprio Zeus, que é seu pai.
Apresentou-se aqui tua falsária boca
795 com língua bem afiada, mas ao falar
obterias males maiores que proveitos.
Mas sei que isto não te persuade, vai!
Deixa-nos viver aqui, ainda que assim
não viveríamos mal se nos fosse grato.

{ΚΡ.}

800 πότερα νομίζεις δυστυχεῖν ἔμ' ἐς τὰ σά,
ἢ σ' ἐς τὰ σαυτοῦ μᾶλλον ἐν τῷ νῦν λόγῳ;

{ΟΙ.}

ἐμοὶ μέν ἐσθ' ἥδιστον, εἰ σὺ μήτ' ἐμὲ
πείθειν οἷός τ' εἶ μήτε τούσδε τοὺς πέλας.

{ΚΡ.}

ὦ δύσμορ', οὐδὲ τῷ χρόνῳ φύσας φανῇ
805 φρένας ποτ', ἀλλὰ λῦμα τῷ γήρᾳ τρέφῃ;

{ΟΙ.}

γλώσσῃ σὺ δεινός· ἄνδρα δ' οὐδέν' οἶδ' ἐγὼ
δίκαιον ὅστις ἐξ ἅπαντος εὖ λέγει.

{ΚΡ.}

χωρὶς τό τ' εἰπεῖν πολλὰ καὶ τὸ καίρια.

{ΟΙ.}

ὡς δὴ σὺ βραχέα, ταῦτα δ' ἐν καιρῷ λέγεις.

{ΚΡ.}

810 οὐ δῆθ' ὅτῳ γε νοῦς ἴσος καὶ σοὶ πάρα.

{ΟΙ.}

ἄπελθ', ἐρῶ γὰρ καὶ πρὸ τῶνδε, μηδέ με
φύλασσ' ἐφορμῶν ἔνθα χρὴ ναίειν ἐμέ.

{ΚΡ.}

μαρτύρομαι τούσδ', οὐ σέ, πρὸς δὲ τοὺς φίλους
οἷ' ἀνταμείβῃ ῥήματ'· ἤν σ' ἕλω ποτέ –

CREONTE

800 Quem crês ter pior sorte neste preito,
eu por teus atos, ou tu por ti mesmo?

ÉDIPO

O mais doce para mim é que não podes
nem me persuadir nem a estes daqui.

CREONTE

Ó infausto, nem com o tempo mostras
805 ter juízo, mas na velhice nutres ruína?

ÉDIPO

És hábil orador. Nenhum varão justo
conheço que em toda causa fale bem.

CREONTE

Diferem falar muito e falar oportuno.

ÉDIPO

Como ora és breve, falas o oportuno.

CREONTE

810 Não para quem tem tino tal qual tens.

ÉDIPO

Vai-te! Direi também por estes, não
espreites atacando onde devo residir.

CREONTE

Tomo por testemunha estes, não a ti,
como respondes aos teus, se te levar...

{ΟΙ.}

815 τίς δ᾽ ἄν με τῶνδε συμμάχων ἕλοι βίᾳ;

{ΚΡ.}

ἦ μὴν σὺ κἄνευ τοῦδε λυπηθεὶς ἔσῃ.

{ΟΙ.}

ποίῳ σὺν ἔργῳ τοῦτ᾽ ἀπειλήσας ἔχεις;

{ΚΡ.}

παίδοιν δυοῖν σοι τὴν μὲν ἀρτίως ἐγὼ
ξυναρπάσας ἔπεμψα, τὴν δ᾽ ἄξω τάχα.

{ΟΙ.}

820 οἴμοι.

{ΚΡ.}

τάχ᾽ ἕξεις μᾶλλον οἰμώζειν τάδε.

{ΟΙ.}

τὴν παῖδ᾽ ἔχεις μου;

{ΚΡ.}

καὶ τήνδε τ᾽ οὐ μακροῦ χρόνου.

{ΟΙ.}

ἰὼ ξένοι. τί δράσετ᾽; ἦ προδώσετε,
κοὐκ ἐξελᾶτε τὸν ἀσεβῆ τῆσδε χθονός;

{ΧΟ.}

χώρει, ξέν᾽, ἔξω θᾶσσον· οὔτε γὰρ τανῦν
825 δίκαια πράσσεις οὔτε πρόσθεν εἴργασαι.

ÉDIPO

815 Quem contra estes aliados me levaria?

CREONTE

Deveras tu sem eles estarás em aflição.

ÉDIPO

Com que façanha sustentas essa ameaça?

CREONTE

Tens duas filhas, uma há pouco capturei
e enviei, a outra daqui a pouco levarei.

ÉDIPO

820 *Oímoi!*

CREONTE

Logo poderás dizer mais *oímoi*.

ÉDIPO

Tens a filha?

CREONTE

E esta outra daqui a pouco.

ÉDIPO

*Iò*, hóspedes! Que fareis? Ou permitireis
e não expulsareis este ímpio desta região?

CORO

Vai, hóspede, vai-te depressa. Nem agora
825 ages com justiça, nem antes assim agiste.

{ΚΡ.}

ὑμῖν ἂν εἴη τήνδε καιρὸς ἐξάγειν
ἄκουσαν, εἰ θέλουσα μὴ πορεύσεται.

{ΑΝ.}

οἴμοι τάλαινα, ποῖ φύγω; ποίαν λάβω
θεῶν ἄρηξιν ἢ βροτῶν;

{ΧΟ.}

τί δρᾷς, ξένε;

{ΚΡ.}

830 οὐχ ἅψομαι τοῦδ' ἀνδρός, ἀλλὰ τῆς ἐμῆς.

{ΟΙ.}

ὦ γῆς ἄνακτες.

{ΧΟ.}

ὦ ξέν', οὐ δίκαια δρᾷς.

{ΚΡ.}

δίκαια.

{ΧΟ.}

πῶς δίκαια;

{ΚΡ.}

τοὺς ἐμοὺς ἄγω.

{ΟΙ.}

{STR.} ἰὼ πόλις.

CREONTE

Servos, seria oportuno que a conduzísseis
a contragosto, pois de bom grado não irá.

ANTÍGONA

*Oímoi* mísera, onde fujo? Quem me vale
dos Deuses e dos mortais?

CORO

Que fazes, hóspede?

CREONTE

830 Não tocarei este varão, mas quem é minha.

ÉDIPO

Ó senhores da terra!

CORO

Hóspede, não és justo.

CREONTE

Sim, justo.

ÉDIPO

Como justo?

CREONTE

Levo os meus.

ÉDIPO

EST. *Iò,* urbe!

{ΧΟ.}

835 τί δρᾷς, ὦ ξέν'; οὐκ ἀφήσεις; τάχ' ἐς βάσανον εἶ χερῶν.

{ΚΡ.}

εἴργου.

{ΧΟ.}

σοῦ μὲν οὔ, τάδε γε μωμένου.

{ΚΡ.}

πόλει μάχῃ γάρ, εἴ τι πημανεῖς ἐμέ.

{ΟΙ.}

οὐκ ἠγόρευον ταῦτ' ἐγώ;

{ΧΟ.}

μέθες χεροῖν
τὴν παῖδα θᾶσσον.

{ΚΡ.}

μὴ 'πίτασσ' ἃ μὴ κρατεῖς.

{ΧΟ.}

840 χαλᾶν λέγω σοι.

{ΚΡ.}

σοὶ δ' ἔγωγ' ὁδοιπορεῖν.

{ΧΟ.}

πρόβαθ' ὧδε, βᾶτε βᾶτ', ἔντοποι.
πόλις ἐναίρεται, πόλις ἐμά, σθένει.
πρόβαθ' ὧδέ μοι.

CORO

835 Que fazes, hóspede? Solta-a! Logo verás.

CREONTE

Afasta-te!

CORO

Não de ti, com esse teu intento.

CREONTE

Combaterás contra a urbe, se me maltratas.

ÉDIPO

Não te dizia isso eu?

CORO

Tira as tuas mãos já
da moça!

CREONTE

Não dês ordens que não podes!

CORO

840 Digo-te que a soltes.

CREONTE

Eu digo que te avies.

CORO

Vinde aqui, vinde, vinde, varões de Colono!
A urbe é atacada por mão forte, minha urbe!
Vinde-me aqui!

{ΑΝ.}

ἀφέλκομαι δύστηνος, ὦ ξένοι ξένοι.

{ΟΙ.}

845 ποῦ, τέκνον, εἶ μοι;

{ΑΝ.}

πρὸς βίαν πορεύομαι.

{ΟΙ.}

ὄρεξον, ὦ παῖ, χεῖρας.

{ΑΝ.}

ἀλλ᾽ οὐδὲν σθένω.

{ΚΡ.}

οὐκ ἄξεθ᾽ ὑμεῖς;

{ΟΙ.}

ὢ τάλας ἐγώ, τάλας.

{ΚΡ.}

οὔκουν ποτ᾽ ἐκ τούτοιν γε μὴ σκήπτροιν ἔτι
ὁδοιπορήσῃς· ἀλλ᾽ ἐπεὶ νικᾶν θέλεις
850 πατρίδα τε τὴν σὴν καὶ φίλους, ὑφ᾽ ὧν ἐγὼ
ταχθεὶς τάδ᾽ ἔρδω, καὶ τύραννος ὢν ὅμως,
νίκα. χρόνῳ γάρ, οἶδ᾽ ἐγώ, γνώσῃ τάδε,
ὁθούνεκ᾽ αὐτὸς αὑτὸν οὔτε νῦν καλὰ
δρᾷς οὔτε πρόσθεν εἰργάσω, βίᾳ φίλων
855 ὀργῇ χάριν δούς, ἥ σ᾽ ἀεὶ λυμαίνεται.

ANTÍGONA

Arrastam-me, mísera! Hóspedes, hóspedes!

ÉDIPO

845 Onde estás, filha?

ANTÍGONA

Levam-me à força.

ÉDIPO

Estende-me as mãos, filha!

ANTÍGONA

Não posso.

CREONTE

Não a levareis?

ÉDIPO

Mísero de mim, mísero!

CREONTE

Não mais te aviarás com os dois apoios,
mas, visto que almejas vencer tua pátria
850 e os teus, cujas ordens embora soberano
eu aqui venho executar, venças! Eu sei
que com o tempo hás de reconhecer isto
nem agora fazes bem a ti mesmo, nem
outrora fizeste, quando, apesar dos teus,
855 dás curso à tua fúria, que sempre te fere.

{ΧΟ.}

ἐπίσχες αὐτοῦ, ξεῖνε.

{ΚΡ.}

μὴ ψαύειν λέγω.

{ΧΟ.}

οὔτοι σ᾽ ἀφήσω, τῶνδέ γ᾽ ἐστερημένος.

{ΚΡ.}

καὶ μεῖζον ἆρα ῥύσιον πόλει τάχα
θήσεις· ἐφάψομαι γὰρ οὐ ταύταιν μόναιν.

{ΧΟ.}

860 ἀλλ᾽ ἐς τί τρέψῃ;

{ΚΡ.}

τόνδ᾽ ἀπάξομαι λαβών.

{ΧΟ.}

δεινὸν λέγεις.

{ΚΡ.}

καὶ τοῦτο νῦν πεπράξεται,
ἢν μή μ᾽ ὁ κραίνων τῆσδε γῆς ἀπειργάθῃ.

{ΟΙ.}

ὦ φθέγμ᾽ ἀναιδές, ἦ σὺ γὰρ ψαύεις ἐμοῦ;

{ΚΡ.}

αὐδῶ σιωπᾶν.

CORO

Detém-te, hóspede!

CREONTE

Digo não me toques!

CORO

Não te soltarei, se despojado dessas duas.

CREONTE

Logo darás à minha urbe maior resgate,
pois eu não atingirei somente estas duas.

CORO

860 A que te referes?

CREONTE

Pegarei e levarei este.

CORO

Dizes terror.

CREONTE

Agora assim será feito
se o poder desta terra não me impedir.

ÉDIPO

Oh, fala sem pudor! Tocarás em mim?

CREONTE

Ordeno silêncio.

{ΟΙ.}

μὴ γὰρ αἵδε δαίμονες
865 θεῖέν μ' ἄφωνον τῆσδε τῆς ἀρᾶς ἔτι,
ὅς γ', ὦ κάκιστε, ψιλὸν ὄμμ' ἀποσπάσας
πρὸς ὄμμασιν τοῖς πρόσθεν ἐξοίχῃ βίᾳ.
τοιγὰρ σὲ καὐτὸν καὶ γένος τὸ σὸν θεῶν
ὁ πάντα λεύσσων Ἥλιος δοίη βίον
870 τοιοῦτον οἷον κἀμὲ γηρᾶναί ποτε.

{ΚΡ.}

ὁρᾶτε ταῦτα, τῆσδε γῆς ἐγχώριοι;

{ΟΙ.}

ὁρῶσι κἀμὲ καὶ σέ, καὶ φρονοῦσ' ὅτι
ἔργοις πεπονθὼς ῥήμασίν σ' ἀμύνομαι.

{ΚΡ.}

οὔτοι καθέξω θυμόν, ἀλλ' ἄξω βίᾳ
875 κεἰ μοῦνός εἰμι τόνδε κεἰ χρόνῳ βαρύς.

{ΟΙ.}

{ΑΝΤ.} ἰὼ τάλας.

{ΧΟ.}

ὅσον λῆμ' ἔχων ἀφίκου, ξέν', εἰ τάδε δοκεῖς τελεῖν.

{ΚΡ.}

δοκῶ.

{ΧΟ.}

τάνδ' ἄρ' οὐκέτι νεμῶ πόλιν.

ÉDIPO

Que os Numes daqui
865 ainda não me impeçam esta imprecação!
Tu, vilíssimo, tirando-me o olho indefeso
à força além dos olhos de outrora te vais.
Por isso, o Deus Sol que tudo contempla
possa conceder a ti mesmo e tua família
870 envelhecerdes um dia tal qual envelheço.

CREONTE

Testemunhai isso vós, nativos desta terra!

ÉDIPO

Eles veem a mim e a ti e entendem que
ao sofrer teus atos com as falas te afasto.

CREONTE

Não conterei a cólera, mas à força o levo
875 ainda que eu esteja só e a idade me pese.

ÉDIPO

ANT. *Iò* mísero!

CORO

Que audaz vieste, hóspede, se nisso crês.

CREONTE

Creio.

CORO

Ora, não mais terei esta por urbe.

{ΚΡ.}

880 τοῖς τοι δικαίοις χὡ βραχὺς νικᾷ μέγαν.

{ΟΙ.}

ἀκούεθ᾽ οἷα φθέγγεται;

{ΧΟ.}

τά γ᾽ οὐ τελεῖ,
<Ζεύς μοι ξυνίστω.>

{ΚΡ.}

Ζεύς γ᾽ ἂν εἰδείη, σὺ δ᾽ οὔ.

{ΧΟ.}

ἆρ᾽ οὐχ ὕβρις τάδ᾽;

{ΚΡ.}

ὕβρις; ἀλλ᾽ ἀνεκτέα.

{ΧΟ.}

ἰὼ πᾶς λεώς, ἰὼ γᾶς πρόμοι,
885 μόλετε σὺν τάχει, μόλετ᾽· ἐπεὶ πέραν
περῶσ᾽ <οἵδε> δή.

{ΘΗ.}

τίς ποθ᾽ ἡ βοή; τί τοὔργον; ἐκ τίνος φόβου ποτὲ
βουθυτοῦντά μ᾽ ἀμφὶ βωμὸν ἔσχετ᾽ ἐναλίῳ θεῷ
τοῦδ᾽ ἐπιστάτῃ Κολωνοῦ; λέξαθ᾽, ὡς εἰδῶ τὸ πᾶν,
890 οὗ χάριν δεῦρ᾽ ᾖξα θᾶσσον ἢ καθ᾽ ἡδονὴν ποδός.

{ΟΙ.}

ὦ φίλτατ᾽, ἔγνων γὰρ τὸ προσφώνημά σου,

CREONTE

880 Em justa causa o pequeno vence o forte.

ÉDIPO

Ouvis o que ele diz?

CORO

O que não se dará,
Zeus o saiba!

CREONTE

Zeus sim o saberia, não tu.

CORO

Não é soberba?

CREONTE

Soberba, a ser suportada!

CORO

*Iò* povo todo, *iò* próceres da terra,
885 vinde rápido, vinde, porque
estes já transpõem os limites!

TESEU

Qual o clamor? Qual o fato? Por qual temor
barraste-me imolar ao altar do Deus marinho
patrono de Colono, dizei-me para tudo saber,
890 por que vim mais veloz do que apraz ao pé?

ÉDIPO

Caríssimo, pois reconheci o som de tua voz,

*πέπονθα δεινὰ τοῦδ' ὑπ' ἀνδρὸς ἀρτίως.*

*{ΘΗ.}*

*τὰ ποῖα ταῦτα; τίς δ' ὁ πημήνας; λέγε.*

*{ΟΙ.}*

*κρέων ὅδ', ὃν δέδορκας οἴχεται τέκνων*
*895* *ἀποσπάσας μου τὴν μόνην ξυνωρίδα.*

*{ΘΗ.}*

*πῶς εἶπας;*

*{ΟΙ.}*

*οἷα καὶ πέπονθ' ἀκήκοας.*

*{ΘΗ.}*

*οὔκουν τις ὡς τάχιστα προσπόλων μολὼν*
*πρὸς τούσδε βωμοὺς πάντ' ἀναγκάσει λεὼν*
*ἄνιππον ἱππότην τε θυμάτων ἄπο*
*900* *σπεύδειν ἀπὸ ῥυτῆρος, ἔνθα δίστομοι*
*μάλιστα συμβάλλουσιν ἐμπόρων ὁδοί,*
*ὡς μὴ παρέλθωσ' αἱ κόραι, γέλως δ' ἐγὼ*
*ξένῳ γένωμαι τῷδε, χειρωθεὶς βίᾳ;*
*ἴθ', ὡς ἄνωγα, σὺν τάχει. τοῦτον δ' ἐγώ,*
*905* *εἰ μὲν δι' ὀργῆς ἧκον, ἧς ὅδ' ἄξιος,*
*ἄτρωτον οὐ μεθῆκ' ἂν ἐξ ἐμῆς χερός·*
*νῦν δ' οὕσπερ αὐτὸς τοὺς νόμους εἰσῆλθ' ἔχων,*
*τούτοισι κοὐκ ἄλλοισιν ἁρμοσθήσεται.*
*οὐ γάρ ποτ' ἔξει τῆσδε τῆς χώρας, πρὶν ἂν*
*910* *κείνας ἐναργεῖς δεῦρό μοι στήσῃς ἄγων·*
*ἐπεὶ δέδρακας οὔτ' ἐμοῦ κατάξια*
*οὔθ' ὧν πέφυκας αὐτὸς οὔτε σῆς χθονός,*
*ὅστις δίκαι' ἀσκοῦσαν εἰσελθὼν πόλιν*

sofri há pouco terrível afronta deste varão.

TESEU

Que é isso? Quem é o ofensor? Diz-me tu.

ÉDIPO

Creonte, esse que tens ante os olhos, se vai
895 após espoliar-me de meu único par de filhas.

TESEU

Que disseste?

ÉDIPO

Ouviste qual afronta sofri.

TESEU

Um dos servos com máxima pressa não irá
àqueles altares e convocará todos os varões
a cavalo e a pé a interromper os sacrifícios
900 e acudir a rédeas soltas aonde duplas vias
dos viajantes são convergentes na cercania
para que as moças não passem adiante e eu
vencido à força deste hóspede não seja riso?
Vai-te a toda a pressa, digo! Quanto a este,
905 se eu fosse à fúria de que ele é merecedor,
incólume ele não escaparia de minhas mãos.
Agora pela conduta com que se apresentou
por essa mesma, não outra, ele será tratado.
Não sairás jamais deste território antes que
910 as conduzas e deixes perante minhas vistas,
pois teu comportamento não condiz comigo
nem com a tua estirpe nem com o teu país.
Tu, ao vires a esta urbe cultora da justiça

κἄνευ νόμου κραίνουσαν οὐδέν, εἶτ᾽ ἀφεὶς
915 τὰ τῆσδε τῆς γῆς κύρι᾽ ὧδ᾽ ἐπεσπεσὼν
ἄγεις θ᾽ ἃ χρῄζεις καὶ παρίστασαι βίᾳ·
καί μοι πόλιν κένανδρον ἢ δούλην τινὰ
ἔδοξας εἶναι, κἄμ᾽ ἴσον τῷ μηδενί.
καίτοι σε Θῆβαί γ᾽ οὐκ ἐπαίδευσαν κακόν·
920 οὐ γὰρ φιλοῦσιν ἄνδρας ἐκδίκους τρέφειν,
οὐδ᾽ ἄν σ᾽ ἐπαινέσειαν, εἰ πυθοίατο
συλῶντα τἀμὰ καὶ τὰ τῶν θεῶν, βίᾳ
ἄγοντα φωτῶν ἀθλίων ἱκτήρια.
οὔκουν ἔγωγ᾽ ἄν σῆς ἐπεμβαίνων χθονός,
925 οὐδ᾽ εἰ τὰ πάντων εἶχον ἐνδικώτατα,
ἄνευ γε τοῦ κραίνοντος, ὅστις ἦν, χθονὸς
οὔθ᾽ εἷλκον οὔτ᾽ ἂν ἦγον, ἀλλ᾽ ἠπιστάμην
ξένον παρ᾽ ἀστοῖς ὡς διαιτᾶσθαι χρεών.
σὺ δ᾽ ἀξίαν οὐκ οὖσαν αἰσχύνεις πόλιν
930 τὴν αὐτὸς αὑτοῦ, καί σ᾽ ὁ πληθύων χρόνος
γέρονθ᾽ ὁμοῦ τίθησι καὶ τοῦ νοῦ κενόν.
εἶπον μὲν οὖν καὶ πρόσθεν, ἐννέπω δὲ νῦν,
τὰς παῖδας ὡς τάχιστα δεῦρ᾽ ἄγειν τινά,
εἰ μὴ μέτοικος τῆσδε τῆς χώρας θέλεις
935 εἶναι βίᾳ τε κοὐχ ἑκών· καὶ ταῦτά σοι
τοῦ νοῦ θ᾽ ὁμοίως κἀπὸ τῆς γλώσσης λέγω.

{ΧΟ.}

ὁρᾷς ἵν᾽ ἥκεις, ὦ ξέν᾽; ὡς ἀφ᾽ ὧν μὲν εἶ
φαίνῃ δίκαιος, δρῶν δ᾽ ἐφευρίσκῃ κακά.

{ΚΡ.}

ἐγὼ οὔτ᾽ ἄνανδρον τήνδε τὴν πόλιν λέγω,
940 ὦ τέκνον Αἰγέως, οὔτ᾽ ἄβουλον, ὡς σὺ φής,
τοὔργον τόδ᾽ ἐξέπραξα, γιγνώσκων δ᾽ ὅτι
οὐδείς ποτ᾽ αὐτοὺς τῶν ἐμῶν ἂν ἐμπέσοι

e que sem lei não exerce o poder, ignoras
915 a autoridade desta terra e assim irrompes,
conduzes o que desejas e à força te impões.
Consideras esta urbe vazia de varões ou
talvez servil e consideras-me igual a nada.
Todavia Tebas não te ensinou a vilania,
920 pois ela não gosta de criar varões injustos,
nem te aprovaria, se viesse a ter ciência
de que pilhas o que é meu e dos Deuses
à força levando mísera gente suplicante.
Não, se eu pusesse os pés em tua terra,
925 ainda que na maior de todas as justiças,
sem o rei quem quer que fosse da terra
eu não puxaria nem levaria, mas saberia
como deve estar hóspede entre cidadãos.
Tu mesmo de modo imérito aviltas tua
930 própria urbe e o complementado tempo
te torna à uma envelhecido e insensato.
Disse, pois, isto antes e agora o profiro,
trazei a toda a pressa as moças para cá,
se não queres ser à força e a contragosto
935 residente desta terra. Isso ainda te digo
do mesmo modo do espírito e da língua.

CORO

Vês aonde vais, hóspede! Qual donde és,
pareces justo, mas mostras que ages mal.

CREONTE

Eu não digo esta urbe ser vazia de varões,
940 ó filho de Egeu, nem sem tino, qual dizes,
perfiz este ato por reconhecer que nenhum
zelo por meus consanguíneos te assaltaria

ζῆλος ξυναίμων, ὥστ᾽ ἐμοῦ τρέφειν βίᾳ.
ᾔδη δ᾽ ὁθούνεκ᾽ ἄνδρα καὶ πατροκτόνον
945 κἄναγνον οὐ δεξοίατ᾽, οὐδ᾽ ὅτῳ γάμοι
ξυνόντες ηὑρέθησαν ἀνοσιώτατοι.
τοιοῦτον αὐτοῖς Ἄρεος εὔβουλον πάγον
ἐγὼ ξυνῄδη χθόνιον ὄνθ᾽, ὃς οὐκ ἐᾷ
τοιούσδ᾽ ἀλήτας τῇδ᾽ ὁμοῦ ναίειν πόλει·
950 ᾧ πίστιν ἴσχων τήνδ᾽ ἐχειρούμην ἄγραν.
καὶ ταῦτ᾽ ἂν οὐκ ἔπρασσον, εἰ μή μοι πικρὰς
αὐτῷ τ᾽ ἀρὰς ἠρᾶτο καὶ τὠμῷ γένει·
ἀνθ᾽ ὧν πεπονθὼς ἠξίουν τάδ᾽ ἀντιδρᾶν.
[θυμοῦ γὰρ οὐδέν ἐστι γῆρας ἄλλο πλὴν
955 θανεῖν· θανόντων δ᾽ οὐδὲν ἄλγος ἅπτεται.]
πρὸς ταῦτα πράξεις οἷον ἂν θέλῃς· ἐπεὶ
ἐρημία με, κεἰ δίκαι᾽ ὅμως λέγω,
σμικρὸν τίθησι· πρὸς δὲ τὰς πράξεις ἔτι,
καὶ τηλικόσδ᾽ ὤν, ἀντιδρᾶν πειράσομαι.

{ΟΙ.}

960 ὦ λῆμ᾽ ἀναιδές, τοῦ καθυβρίζειν δοκεῖς,
πότερον ἐμοῦ γέροντος, ἢ σαυτοῦ, τόδε;
ὅστις φόνους μοι καὶ γάμους καὶ συμφορὰς
τοῦ σοῦ διῆκας στόματος, ἃς ἐγὼ τάλας
ἤνεγκον ἄκων· θεοῖς γὰρ ἦν οὕτω φίλον,
965 τάχ᾽ ἄν τι μηνίουσιν ἐς γένος πάλαι.
ἐπεὶ καθ᾽ αὑτόν γ᾽ οὐκ ἂν ἐξεύροις ἐμὲ
ἁμαρτίας ὄνειδος οὐδὲν ἀνθ᾽ ὅτου
τάδ᾽ εἰς ἐμαυτὸν τοὺς ἐμούς θ᾽ ἡμάρτανον.
ἐπεὶ δίδαξον, εἴ τι θέσφατον πατρὶ
970 χρησμοῖσιν ἱκνεῖθ᾽ ὥστε πρὸς παίδων θανεῖν,
πῶς ἂν δικαίως τοῦτ᾽ ὀνειδίζοις ἐμοί,
ὃς οὔτε βλάστας πω γενεθλίους πατρός,
οὐ μητρὸς εἶχον, ἀλλ᾽ ἀγέννητος τότ᾽ ἦ;

de modo a sustentá-los contra o meu tento.
Eu estava ciente de que não seria recebido
945 um parricida varão impuro, cujo consórcio
nupcial se revelou o mais avesso à licitude.
Eu estava cônscio de haver neste território
o conselheiro Areópago, que não permite
tal andarilho permanecer junto desta urbe.
950 Com esta crença, pus as mãos nesta presa.
Não teria feito isso, se ele não imprecasse
amargas pragas contra mim e minha gente.
Tratado assim, avaliei que devia o revide.
Do furor velhice alguma há senão a morte,
955 os mortos são tocados por nenhuma dor.
Quanto a isso, farás como quiseres, pois
a solidão, ainda que eu fale com justiça,
me torna pequeno. Quanto aos atos ainda,
mesmo com tal idade, eu tentarei revidar.

ÉDIPO

960 Oh, arrojo sem pudor! A quem crês ferir
esse ultraje, a mim, velho, ou a ti mesmo?
Tu pela boca contra mim desferes mortes,
núpcias e injunções que eu infausto invito
suportei, porque isso era grato aos Deuses
965 talvez irritados outrora com minha estirpe,
pois por mim mesmo não me descobririas
nenhuma reprovação de erronia pela qual
eu estaria errado comigo ou com os meus.
Pois explica se por um oráculo foi ao pai
970 voz divina de que seria morto por sua prole,
como com justiça poderias me reprovar isso
a quem ainda não tinha nem germe natalício
do pai nem da mãe, mas então não era nato?

εἰ δ᾽ αὖ φανεὶς δύστηνος, ὡς ἐγὼ 'φάνην,
975 ἐς χεῖρας ἦλθον πατρὶ καὶ κατέκτανον,
μηδὲν ξυνιεὶς ὧν ἔδρων εἰς οὕς τ᾽ ἔδρων,
πῶς ἂν τό γ᾽ ἆκον πρᾶγμ᾽ ἂν εἰκότως ψέγοις;
μητρὸς δέ, τλῆμον, οὐκ ἐπαισχύνῃ γάμους
οὔσης ὁμαίμου σῆς μ᾽ ἀναγκάζων λέγειν
980 οἵους ἐρῶ τάχ᾽· οὐ γὰρ οὖν σιγήσομαι,
σοῦ γ᾽ ἐς τόδ᾽ ἐξελθόντος ἀνόσιον στόμα.
ἔτικτε γάρ μ᾽ ἔτικτεν, ὤμοι μοι κακῶν,
οὐκ εἰδότ᾽ οὐκ εἰδυῖα, καὶ τεκοῦσά με
αὑτῆς ὄνειδος παῖδας ἐξέφυσέ μοι.
985 ἀλλ᾽ ἓν γὰρ οὖν ἔξοιδα, σὲ μὲν ἑκόντ᾽ ἐμὲ
κείνην τε ταῦτα δυσστομεῖν· ἐγὼ δέ νιν
ἄκων τ᾽ ἔγημα, φθέγγομαί τ᾽ ἄκων τάδε.
ἀλλ᾽ οὐ γὰρ οὔτ᾽ ἐν τοῖσδ᾽ ἀκούσομαι κακὸς
γάμοισιν οὔθ᾽ οὓς αἰὲν ἐμφορεῖς σύ μοι
990 φόνους πατρῴους ἐξονειδίζων πικρῶς.
ἓν γάρ μ᾽ ἄμειψαι μοῦνον ὧν σ᾽ ἀνιστορῶ·
εἴ τίς σε τὸν δίκαιον αὐτίκ᾽ ἐνθάδε
κτείνοι παραστάς, πότερα πυνθάνοι᾽ ἂν εἰ
πατήρ σ᾽ ὁ καίνων, ἢ τίνοι᾽ ἂν εὐθέως;
995 δοκῶ μέν, εἴπερ ζῆν φιλεῖς, τὸν αἴτιον
τίνοι᾽ ἄν, οὐδὲ τοὔνδικον περιβλέποις.
τοιαῦτα μέντοι καὐτὸς εἰσέβην κακά,
θεῶν ἀγόντων· ὥστ᾽ ἐγὼ οὐδὲ τὴν πατρὸς
ψυχὴν ἂν οἶμαι ζῶσαν ἀντειπεῖν ἐμοί.
1000 σὺ δ᾽, εἶ γὰρ οὐ δίκαιος, ἀλλ᾽ ἅπαν καλὸν
λέγειν νομίζων, ῥητὸν ἄρρητόν τ᾽ ἔπος,
τοιαῦτ᾽ ὀνειδίζεις με τῶνδ᾽ ἐναντίον.
καί σοι τὸ Θησέως ὄμμα θωπεῦσαι φιλόν,
καὶ τὰς Ἀθήνας, ὡς κατῴκηνται καλῶς·
1005 κᾆθ᾽ ὧδ᾽ ἐπαινῶν πολλὰ τοῦδ᾽ ἐκλανθάνῃ,
ὁθούνεκ᾽ εἴ τις γῆ θεοὺς ἐπίσταται

Se, porém, nascido infausto como eu nasci,
975 engalfinhei-me com meu pai e o exterminei
nada sabendo do que fazia nem a quem fazia,
como com razão reprovarias ato involuntário?
Não te envergonhas, ó mísero, de me obrigar
a falar de núpcias da mãe, sendo ela tua irmã,
980 qual logo falarei, pois não renunciarei a falar,
uma vez que tu chegaste a tão ilícita palavra.
Ela me gerou, gerou, *ómoi moi,* que misérias!
Eu insciente, ela insciente e tendo-me gerado
para o seu opróbrio produziu os meus filhos.
985 Mas disto tenho ciência, que tu por ti mesmo
assim difamas tanto a mim quanto a ela, mas
invito eu a desposei e invito falo deste fato.
Mas não serei dito maligno por essas núpcias
nem pelo transpasse paterno de que sempre
990 tu me acusas proferindo amargos vitupérios.
Responde-me somente isto que te pergunto
se alguém aqui e agora quando tu és justo
ao passar ao teu lado tentasse te matar, tu
perscrutarias se esse é teu pai ou já punirias?
995 Parece-me que, se amas a vida, ao atacante
punirias e não te interrogarias se isso é justo.
Tal é o infortúnio em que eu próprio entrei
guiado por Deuses, de sorte que nem a alma
de meu pai, se vivesse, creio eu, me refutaria.
1000 Tu, que não és justo e que tens por oportuno
anunciar tudo, a palavra dizível e a indizível,
tais vitupérios contra mim proferes ante estes.
A ti te compraz lisonjear a presença de Teseu
e Atenas alegando que ela é bem-administrada.
1005 Todavia dentre tantos elogios disto te esqueces,
se há alguma terra que saiba venerar os Deuses

τιμαῖς σεβίζειν, ἥδε τῷδ᾽ ὑπερφέρει,
ἀφ᾽ ἧς σὺ κλέψας τὸν ἱκέτην γέροντ᾽ ἐμὲ
αὐτόν τ᾽ ἐχειροῦ τὰς κόρας τ᾽ οἴχῃ λαβών.
1010 ἀνθ᾽ ὧν ἐγὼ νῦν τάσδε τὰς θεὰς ἐμοὶ
καλῶν ἱκνοῦμαι καὶ κατασκήπτω λιταῖς
ἐλθεῖν ἀρωγοὺς ξυμμάχους θ᾽, ἵν᾽ ἐκμάθῃς
οἵων ὑπ᾽ ἀνδρῶν ἥδε φρουρεῖται πόλις.

{ΧΟ.}

ὁ ξεῖνος, ὦναξ, χρηστός· αἱ δὲ συμφοραὶ
1015 αὐτοῦ πανώλεις, ἄξιαι δ᾽ ἀμυναθεῖν.

{ΘΗ.}

ἅλις λόγων· ὡς οἱ μὲν ἐξηρπασμένοι
σπεύδουσιν, ἡμεῖς δ᾽ οἱ παθόντες ἕσταμεν.

{ΚΡ.}

τί δῆτ᾽ ἀμαυρῷ φωτὶ προστάσσεις ποεῖν;

{ΘΗ.}

1019 ὁδοῦ κατάρχειν τῆς ἐκεῖ, πομπὸν δέ ἐμὲ
1028 κοὐκ ἄλλον ἕξεις ἐς τόδ᾽· ὡς ἔξοιδά σε
οὐ ψιλὸν οὐδ᾽ ἄσκευον ἐς τοσήνδ᾽ ὕβριν
1030 ἥκοντα τόλμης τῆς παρεστώσης τανῦν,
ἀλλ᾽ ἔσθ᾽ ὅτῳ σὺ πιστὸς ὢν ἔδρας τάδε.
ἃ δεῖ μ᾽ ἀθρῆσαι, μηδὲ τήνδε τὴν πόλιν
1033 ἑνὸς ποῆσαι φωτὸς ἀσθενεστέραν.
1020 χώρει δ᾽ ἵν᾽, εἰ μὲν ἐν τόποισι τοῖσδ᾽ ἔχεις
τὰς παῖδας ἡμῖν, αὐτὸς ἐκδείξῃς ἐμοί·
εἰ δ᾽ ἐγκρατεῖς φεύγουσιν, οὐδὲν δεῖ πονεῖν·
ἄλλοι γὰρ οἱ σπεύσοντες, οὓς οὐ μή ποτε
χώρας φυγόντες τῆσδ᾽ ἐπεύξωνται θεοῖς.
1025 ἀλλ᾽ ἐξυφηγοῦ· γνῶθι δ᾽ ὡς ἔχων ἔχῃ

com honrarias, nisso esta ultrapassa todas elas.
Desta tu me sequestras, a mim, súplice ancião,
e pões as mãos nas filhas, que arrebatas e vais.
1010 Por isso agora invoco estas Deusas e suplico
e acrescento veemente voto a minhas preces
de que venham as Deusas defensoras e aliadas
e saibas que varões mantêm guarda desta urbe.

CORO

Senhor, o hóspede é nobre, seus infortúnios
1015 são nefastos e merecedores de nosso auxílio.

TESEU

Basta de palavras! Os sequestradores
aceleram, nós os padecedores paramos.

CREONTE

Que ordenas fazer com varão indefeso?

TESEU

1019 Vai na frente na via para lá, eu escolto
1028 e para isso não terás outro, porque sei
que não a sós nem inerme atingiste tal
1030 soberbia desta audácia agora presente,
mas agiste assim confiante em alguém.
Por isso devo observar e não tornar esta
1033 urbe mais debilitada que um varão a sós.
1020 Vai em frente até onde, se nestes lugares
manténs as filhas, tu mesmo me apontes.
Se os captores fogem, não cabe sofrer,
outros se apressam nesta região de sorte
que fugidos não darão graças aos Deuses.
1025 Eia, vai! Sabe que tu raptor estás preso,

καί σ᾽ εἷλε θηρῶνθ᾽ ἡ τύχη· τὰ γὰρ δόλῳ
1027 τῷ μὴ δικαίῳ κτήματ᾽ οὐχὶ σῴζεται.
1034 νοεῖς τι τούτων, ἢ μάτην τὰ νῦν τέ σοι
1035 δοκεῖ λελέχθαι χὤτε ταῦτ᾽ ἐμηχανῶ;

{ΚΡ.}

οὐδὲν σὺ μεμπτὸν ἐνθάδ᾽ ὢν ἐρεῖς ἐμοί·
οἴκοι δὲ χἠμεῖς εἰσόμεσθ᾽ ἃ χρὴ ποεῖν.

{ΘΗ.}

χωρῶν ἀπείλει νῦν· σὺ δ᾽ ἡμίν, Οἰδίπους,
ἕκηλος αὐτοῦ μίμνε, πιστωθεὶς ὅτι,
1040 ἢν μὴ θάνω ᾽γὼ πρόσθεν, οὐχὶ παύσομαι
πρὶν ἄν σε τῶν σῶν κύριον στήσω τέκνων.

{ΟΙ.}

ὄναιο, Θησεῦ, τοῦ τε γενναίου χάριν
καὶ τῆς πρὸς ἡμᾶς ἐνδίκου προμηθίας.

ao caçares caçou-te a Sorte. O adquirido
1027 por dolo e sem justiça não é preservado.
1034 Entendes algo agora ou tão vãs tu ouves
1035 estas palavras e as de quando tramavas?

CREONTE

Nada me dirás reprovável se estás aqui,
em casa também eu saberei o que fazer.

TESEU

Ameaça agora andando! Tu, Édipo, fica
tranquilo aqui, com minha garantia que
1040 se eu não morrer antes, não descansarei
antes de te restituir a guarda de tuas filhas.

ÉDIPO

Possas tu fruir a graça de tua nobreza
e de tuas justas providências conosco!

{ΧΟ.}

{STR. 1.} εἴην ὅθι δαΐων

1045 ἀνδρῶν τάχ᾽ ἐπιστροφαὶ
τὸν χαλκοβόαν Ἄρη
μείξουσιν, ἢ πρὸς Πυθίαις
ἢ λαμπάσιν ἀκταῖς,
1050 οὗ πότνιαι σεμνὰ τιθηνοῦνται τέλη
θνατοῖσιν, ὧν καὶ χρυσέα
κλῂς ἐπὶ γλώσσᾳ βέβα-
κε προσπόλων Εὐμολπιδᾶν·
ἔνθ᾽ οἶμαι τὸν ἐγρεμάχαν
1055 Θησέα καὶ τὰς διστόλους
ἀδμῆτας ἀδελφὰς
αὐτάρκει τάχ᾽ ἐμμείξειν βοᾷ
τούσδ᾽ ἀνὰ χώρους·

{ANT. 1.} ἢ που τὸν ἐφέσπερον
1060 πέτρας νιφάδος πελῶσ᾽
Οἰάτιδος ἐκ νομοῦ
πώλοισιν ἢ ῥιμφαρμάτοις
φεύγοντες ἁμίλλαις.
1065 ἁλώσεται· δεινὸς ὁ προσχωρῶν Ἄρης,
δεινὰ δὲ Θησειδᾶν ἀκμά.
πᾶς γὰρ ἀστράπτει χαλι-
νος, πᾶσα δ᾽ ὁρμᾶται †κατ᾽
ἀμπυκτήρια φάλαρα πώλων†
1070 ἄμβασις, οἳ τὰν ἱππίαν
τιμῶσιν Ἀθάναν
καὶ τὸν πόντιον γαιάοχον

## [SEGUNDO ESTÁSIMO (1044-1095)]

CORO

EST.1 Estivesse eu onde hostis
1045 ataques se mesclarão
logo a clamoroso Ares
nas píticas praias ou
nas praias luminosas,
1050 onde Deusas dão ritos
veneráveis aos mortais
cuja língua chave áurea
de Eumólpidas calou,
onde creio que belígero
1055 Teseu e as duas irmãs
indômitas logo estarão
junto ao bastante grito
de guerra nesta região.

ANT.1 Ou talvez para oeste
1060 em fuga do pasto de Ea
chegarão à nívea pedra
à porfia com os potros
e carros velozes; serão
1065 pegos terrível este Ares,
terrível lança de Tesidas.
Todo freio relampeja,
toda a marcha acima
dão aos potros rédeas
1070 soltas os que honram
a equestre Atena e o
marinho terratenente

Ῥέας φίλον υἱόν.

{STR. 2.} ἔρδουσιν ἢ μέλλουσιν; ὡς
1075 προμνᾶταί τί μοι
γνώμα τάχ᾽ ἀνδώσειν
τὰν δεινὰ τλᾶσαν, δεινὰ δ᾽ εὑ-
ρουσᾶν πρὸς αὐθαίμων πάθη.
τελεῖ τελεῖ Ζεύς τι κατ᾽ ἦμαρ.
1080 μάντις εἴμ᾽ ἐσθλῶν ἀγώνων.
εἴθ᾽ ἀελλαία ταχύρρωστος πελειὰς
αἰθερίας νεφέλας κύρσαιμ᾽ ἄνωθ᾽ ἀγώνων
1084 αἰωρήσασα τοὐμὸν ὄμμα.

{ANT. 2.} ἰὼ θεῶν πάνταρχε παντ-
όπτα Ζεῦ, πόροις
γᾶς τᾶσδε δαμούχοις
σθένει ᾽πινικείῳ τὸν εὔ-
αγρον τελειῶσαι λόχον,
1090 σεμνά τε παῖς Παλλὰς Ἀθάνα,
καὶ τὸν ἀγρευτὰν Ἀπόλλω
καὶ κασιγνήταν πυκνοστίκτων ὀπαδὸν
ὠκυπόδων ἐλάφων στέργω διπλᾶς ἀρωγὰς
1095 μολεῖν γᾷ τᾷδε καὶ πολίταις.

caro filho de Reia.

EST.2 Combatem ou ainda não?
1075 Meu tino me prenuncia
que logo serão resgatadas
as que sob terror tiveram
terríveis dores de parentes.
Perfaz Zeus, perfaz hoje!
1080 Vaticino vitoriosa a luta.
Qual procelosa pomba altívola
de celeste nuvem sobre a luta
1084 sobrepairasse eu minha visão!

ANT.2 Ó tu, rei de todos os Deuses
onividente Zeus, concedas
aos detentores desta terra
com a força vitoriosa
perfazerem boa caçada,
1090 e venerável Palas Atena!
O caçador Apolo e a irmã
par de veloz corça pedrês
peço virem dupla defesa
1095 desta terra e dos cidadãos.

*ὦ ξεῖν᾽ ἀλῆτα, τὸν σκοπὸν μὲν οὐκ ἐρεῖς*
*ὡς ψευδόμαντις· τὰς κόρας γὰρ εἰσορῶ*
*τάσδ᾽ ἆσσον αὖθις ὧδε προσπολουμένας.*

*{OI.}*

*ποῦ ποῦ; τί φῄς; πῶς εἶπας;*

*{AN.}*

*ὦ πάτερ πάτερ,*
*1100* *τίς ἂν θεῶν σοι τόνδ᾽ ἄριστον ἄνδρ᾽ ἰδεῖν*
*δοίη, τὸν ἡμᾶς δεῦρο προσπέμψαντά σοι;*

*{OI.}*

*ὦ τέκνον, ἦ πάρεστον;*

*{AN.}*

*αἵδε γὰρ χέρες*
*Θησέως ἔσωσαν φιλτάτων τ᾽ ὀπαόνων.*

*{OI.}*

*προσέλθετ᾽, ὦ παῖ, πατρί, καὶ τὸ μηδαμὰ*
*1105* *ἐλπισθὲν ἥξειν σῶμα βαστάσαι δότε.*

*{AN.}*

*αἰτεῖς ἃ τεύξῃ· σὺν πόθῳ γὰρ ἡ χάρις.*

## [TERCEIRO EPISÓDIO (1096-1210)]

CORO

Hóspede errante, do vigia não dirás
que é falso adivinho, pois vejo que
estas filhas se aproximam escoltadas.

ÉDIPO

Onde, onde? Que dizes?

ANTÍGONA

Ó pai, pai,
1100 qual dos Deuses te daria ver o varão
generoso que aqui nos trouxe para ti?

ÉDIPO

Oh filha, estais aqui?

ANTÍGONA

Sim, os braços
de Teseu e de sua guarda nos salvaram.

ÉDIPO

Vinde, filha, ao pai, dai-me que vos
1105 abrace, já não mais vos esperava ter.

ANTÍGONA

O que pedes terás com anelo a graça.

*{ΟΙ.}*

*ποῦ δῆτα, ποῦ 'στόν;*

*{ΑΝ.}*

*αἵδ' ὁμοῦ πελάζομεν.*

*{ΟΙ.}*

*ὦ φίλτατ' ἔρνη.*

*{ΑΝ.}*

*τῷ τεκόντι πᾶν φίλον.*

*{ΟΙ.}*

*ὦ σκῆπτρα φωτός –*

*{ΑΝ.}*

*δυσμόρου γε δύσμορα.*

*{ΟΙ.}*

*1110* *ἔχω τὰ φίλτατ', οὐδ' ἔτ' ἂν πανάθλιος*
*θανὼν ἂν εἴην σφῷν παρεστώσαιν ἐμοί.*
*ἐρείσατ', ὦ παῖ, πλευρὸν ἀμφιδέξιον*
*ἐμφύντε τῷ φύσαντι, κἀναπαύσατον*
*τοῦ πρόσθ' ἐρῆμον τοῦδε δυστήνου πλάνου.*
*1115* *Καί μοι τὰ πραχθέντ' εἴπαθ' ὡς βράχιστ', ἐπεὶ*
*ταῖς τηλικαῖσδε σμικρὸς ἐξαρκεῖ λόγος.*

*{ΑΝ.}*

*ὅδ' ἔσθ' ὁ σώσας· τοῦδε χρὴ κλύειν, πάτερ,*
*οὗ κἄστι τοὔργον· τοὐμὸν <ὧδ'> ἔσται βραχύ.*

ÉDIPO

Onde, onde estais?

ANTÍGONA

Eis-nos junto a ti.

ÉDIPO

Oh minhas flores!

ANTÍGONA

Ao pai, todo o seu!

ÉDIPO

Oh apoio da gente!

ANTÍGONA

Infausto de infausto.

ÉDIPO

1110 Tenho o mais caro, não mais de todo mísero
seria se morresse tendo-vos ambas comigo.
Firmai-me, ó filhas, um e outro dos flancos
abraçadas ao vosso pai, e concedei alívio
a este antes desolado por esse triste error.
1115 Dizei-me concisamente o que aconteceu,
às moças dessa idade basta a breve palavra.

ANTÍGONA

Este é o salvador. A ele deves ouvir, pai.
Dele é a façanha. Tão breve é minha fala.

{ΟΙ.}

ὦ ξεῖνε, μὴ θαύμαζε, πρὸς τὸ λιπαρὲς
1120 τέκν᾽ εἰ φανέντ᾽ ἄελπτα μηκύνω λόγον.
ἐπίσταμαι γὰρ τήνδε τὴν ἐς τάσδε μοι
τέρψιν παρ᾽ ἄλλου μηδενὸς πεφασμένην.
σὺ γάρ νιν ἐξέσωσας, οὐκ ἄλλος βροτῶν.
καὶ σοὶ θεοὶ πόροιεν ὡς ἐγὼ θέλω,
1125 αὐτῷ τε καὶ γῇ τῇδ᾽· ἐπεὶ τό γ᾽ εὐσεβὲς
μόνοις παρ᾽ ὑμῖν ηὗρον ἀνθρώπων ἐγὼ
καὶ τοὐπιεικὲς καὶ τὸ μὴ ψευδοστομεῖν.
εἰδὼς δ᾽ ἀμύνω τοῖσδε τοῖς λόγοις τάδε.
ἔχω γὰρ ἅχω διὰ σὲ κοὐκ ἄλλον βροτῶν.
1130 καί μοι χέρ᾽, ὦναξ, δεξιὰν ὄρεξον, ὡς
ψαύσω φιλήσω τ᾽, εἰ θέμις, τὸ σὸν κάρα.
καίτοι τί φωνῶ; πῶς σ᾽ ἂν ἄθλιος γεγὼς
θιγεῖν θελήσαιμ᾽ ἀνδρὸς ᾧ τίς οὐκ ἔνι
κηλὶς κακῶν ξύνοικος; οὐκ ἔγωγέ σε,
1135 οὐδ᾽ οὖν ἐάσω. τοῖς γὰρ ἐμπείροις βροτῶν
μόνοις οἷόν τε συνταλαιπωρεῖν τάδε.
σὺ δ᾽ αὐτόθεν μοι χαῖρε καὶ τὰ λοιπά μου
μέλου δικαίως, ὥσπερ ἐς τόδ᾽ ἡμέρας.

{ΘΗ.}

οὔτ᾽ εἴ τι μῆκος τῶν λόγων ἔθου πλέον,
1140 τέκνοισι τερφθεὶς τοῖσδε, θαυμάσας ἔχω,
οὐδ᾽ εἰ πρὸ τοὐμοῦ προὔλαβες τὰ τῶνδ᾽ ἔπη.
βάρος γὰρ ἡμᾶς οὐδὲν ἐκ τούτων ἔχει.
οὐ γὰρ λόγοισι τὸν βίον σπουδάζομεν
λαμπρὸν ποιεῖσθαι μᾶλλον ἢ τοῖς δρωμένοις.
1145 δείκνυμι δ᾽· ὧν γὰρ ὤμοσ᾽ οὐκ ἐψευσάμην
οὐδέν σε, πρέσβυ. τάσδε γὰρ πάρειμ᾽ ἄγων
ζώσας, ἀκραιφνεῖς τῶν κατηπειλημένων.
χὤπως μὲν ἁγὼν ᾑρέθη τί δεῖ μάτην

ÉDIPO

Hóspede, não admires se prolongo a fala
1120 insistindo nas filhas surgidas inesperadas,
pois estou ciente de o meu prazer de estar
com elas não ter surgido de nenhum outro,
tu as salvaste, nenhum outro dos mortais.
Os Deuses te aquinhoem como eu quero,
1125 a ti e a esta terra, porque dentre os homens
somente entre vós descobri a reverência,
o caráter equitativo e isenção de mentira.
Ciente disto retribuo com estas palavras.
Tenho o que tenho por ti e mais ninguém.
1130 Estende-me, senhor, a mão direita, para
que eu toque e, se é lícito, beije tua face.
Mas que digo? Como quereria eu, mísero,
que tocasses varão com quem toda nódoa
de males convive? Eu não quero, nem te
1135 permitirei. Só a mortais experimentados
é possível compartilhar infortúnios tais.
Daqui te saúdo, no porvir cuida de mim
com justiça, tal qual tens feito até agora.

TESEU

Nem se te prolongaste nas tuas palavras
1140 encantado com as filhas, não me admira,
nem se preferiste as suas falas às minhas,
pois nenhum pesar por isso nos importa.
Não cuidamos de tornar a vida brilhante
com palavras mais do que com as ações.
1145 Eis a prova do que te jurei não quebrei
jura nenhuma, velho, eis que as conduzo
vivas e intactas das ameaças contra elas.
Mas como a luta foi ganha, não se deve

κομπεῖν, ἅ γ᾽ εἴσῃ καὐτὸς ἐκ ταύταιν ξυνών;
1150 λόγος δ᾽ ὃς ἐμπέπτωκεν ἀρτίως ἐμοὶ
στείχοντι δεῦρο, συμβαλοῦ γνώμην, ἐπεὶ
σμικρὸς μὲν εἰπεῖν, ἄξιος δὲ θαυμάσαι.
πρᾶγος δ᾽ ἀτίζειν οὐδὲν ἄνθρωπον χρεών.

{ΟΙ.}

τί δ᾽ ἔστι, τέκνον Αἰγέως; δίδασκέ με,
1155 ὡς μὴ εἰδότ᾽ αὐτὸν μηδὲν ὧν σὺ πυνθάνῃ.

{ΘΗ.}

φασίν τιν᾽ ἡμῖν ἄνδρα, σοὶ μὲν ἔμπολιν
οὐκ ὄντα, συγγενῆ δέ, προσπεσόντα πως
βωμῷ καθῆσθαι τῷ Ποσειδῶνος, παρ᾽ ᾧ
θύων ἔκυρον ἡνίχ᾽ ὡρμώμην ἐγώ.

{ΟΙ.}

1160 ποδαπόν; τί προσχρῄζοντα τῷ θακήματι;

{ΘΗ.}

οὐκ οἶδα πλὴν ἕν· σοῦ γάρ, ὡς λέγουσί μοι,
βραχύν τιν᾽ αἰτεῖ μῦθον οὐκ ὄγκου πλέων.

{ΟΙ.}

ποῖόν τιν᾽; οὐ γὰρ ἥδ᾽ ἕδρα σμικροῦ λόγου.

{ΘΗ.}

σοὶ φασὶν αὐτὸν ἐς λόγους μολεῖν μόνον
1165 αἰτεῖν ἀπελθεῖν <τ᾽> ἀσφαλῶς τῆς δεῦρ᾽ ὁδοῦ.

{ΟΙ.}

τίς δῆτ᾽ ἂν εἴη τήνδ᾽ ὁ προσθακῶν ἕδραν;

alardear em vão, saberás de seu convívio.
1150 O rumor que há pouco me veio quando
eu vinha para cá examina-o, porque é
breve de contar, mas digno de admirar.
Não se deve negligenciar nenhum fato.

ÉDIPO

De que se trata, filho de Egeu? Explica,
1155 porque nada sei do que tu me perguntas.

TESEU

Dizem que um varão, não de tua urbe,
mas teu parente, apareceu e sentou-se
suplicante do altar de Posídon, a que
eu oferecia sacrifícios antes de partir.

ÉDIPO

1160 Donde ele é? O que em súplica pede?

TESEU

Não sei senão isto ao que me dizem,
quer breve fala contigo não fatigante.

ÉDIPO

O quê? A atitude não é de simples fala.

TESEU

Dizem que pede somente falar contigo
1165 e refazer com segurança a via de volta.

ÉDIPO

Quem seria o suplicante nessa atitude?

{ΘΗ.}

ὅρα κατ᾽ Ἄργος εἴ τις ὑμὶν ἐγγενὴς
ἔσθ᾽, ὅστις ἄν σου τοῦτο προσχρῄζοι τυχεῖν.

{ΟΙ.}

ὦ φίλτατε, σχὲς οὗπερ εἶ.

{ΘΗ.}

τί δ᾽ ἔστι σοι;

{ΟΙ.}

1170 μή μου δεηθῇς –

{ΘΗ.}

πράγματος ποίου; λέγε.

{ΟΙ.}

ἔξοιδ᾽ ἀκούων τῶνδ᾽ ὅς ἐσθ᾽ ὁ προστάτης.

{ΘΗ.}

καὶ τίς ποτ᾽ ἐστίν, ὅν γ᾽ ἐγὼ ψέξαιμί τι;

{ΟΙ.}

παῖς οὑμός, ὦναξ, στυγνός, οὗ λόγων ἐγὼ
ἄλγιστ᾽ ἂν ἀνδρῶν ἐξανασχοίμην κλύων.

{ΘΗ.}

1175 τί δ᾽; οὐκ ἀκούειν ἔστι, καὶ μὴ δρᾶν ἃ μὴ
χρῄζεις; τί σοι τοῦτ᾽ ἐστὶ λυπηρὸν κλύειν;

{ΟΙ.}

ἔχθιστον, ὦναξ, φθέγμα τοῦθ᾽ ἥκει πατρί·

TESEU

Lembra se há em Argos algum parente
teu que pudesse te solicitar esse favor.

ÉDIPO

Meu caro, não fales mais!

TESEU

Que tens?

ÉDIPO

1170 Não me perguntes!

TESEU

O quê? Diz-me!

ÉDIPO

Ouvindo isso sei quem é o suplicante.

TESEU

Quem afinal é ele, que eu reprovasse?

ÉDIPO

Meu odioso filho, senhor, e dos varões
quem seria a maior dor suportar ouvir.

TESEU

1175 Por quê? Não podes ouvi-lo sem fazer
o que não queres? Por que te dói ouvir?

ÉDIPO

Odiosíssima, senhor, é sua voz ao pai.

καὶ μή μ᾽ ἀνάγκῃ προσβάλῃς τάδ᾽ εἰκαθεῖν.

{ΘΗ.}

ἀλλ᾽ εἰ τὸ θάκημ᾽ ἐξαναγκάζει σκόπει·
1180 μή σοι πρόνοι᾽ ᾖ τοῦ θεοῦ φυλακτέα.

{ΑΝ.}

πάτερ, πιθοῦ μοι, κεἰ νέα παραινέσω.
τὸν ἄνδρ᾽ ἔασον τόνδε τῇ θ᾽ αὑτοῦ φρενὶ
χάριν παρασχεῖν τῷ θεῷ θ᾽ ἃ βούλεται,
καὶ νῷν ὕπεικε τὸν κασίγνητον μολεῖν.
1185 οὐ γάρ σε, θάρσει, πρὸς βίαν παρασπάσει
γνώμης ἃ μή σοι συμφέροντα λέξεται.
λόγων δ᾽ ἀκοῦσαι τίς βλάβη; τά τοι κακῶς
ηὑρημέν᾽ ἔργα τῷ λόγῳ μηνύεται.
ἔφυσας αὐτόν· ὥστε μηδὲ δρῶντά σε
1190 τὰ τῶν κακίστων δυσσεβέστατ᾽, ὦ πάτερ,
θέμις σέ γ᾽ εἶναι κεῖνον ἀντιδρᾶν κακῶς.
αἰδοῦ νιν. εἰσὶ χἀτέροις γοναὶ κακαὶ
καὶ θυμὸς ὀξύς, ἀλλὰ νουθετούμενοι
φίλων ἐπῳδαῖς ἐξεπᾴδονται φύσιν.
1195 σὺ δ᾽ εἰς ἐκεῖνα, μὴ τὰ νῦν, ἀποσκόπει,
πατρῷα καὶ μητρῷα πήμαθ᾽ ἅπαθες,
κἂν κεῖνα λεύσσῃς, οἶδ᾽ ἐγώ, γνώσῃ κακοῦ
θυμοῦ τελευτὴν ὡς κακὴ προσγίγνεται.
ἔχεις γὰρ οὐχὶ βαιὰ τἀνθυμήματα,
1200 τῶν σῶν ἀδέρκτων ὀμμάτων τητώμενος.
ἀλλ᾽ ἡμὶν εἶκε. λιπαρεῖν γὰρ οὐ καλὸν
δίκαια προσχρῄζουσιν, οὐδ᾽ αὐτὸν μὲν εὖ
πάσχειν, παθόντα δ᾽ οὐκ ἐπίστασθαι τίνειν.

{ΟΙ.}

τέκνον, βαρεῖαν ἡδονὴν νικᾶτέ με

Não me lances à coerção de lhe ceder

TESEU

Mas se a súplica é coerciva, examina
1180 se não devas guardar a caução do Deus.

ANTÍGONA

Pai, ouve-me, ainda que jovem exorte.
Permite que este varão dê a si mesmo
e ao Deus a graça tal como ele deseja,
e a nós duas concede vir nosso irmão.
Ânimo! Do teu juízo não te afastará
1185 à força o que ele disser contrário a ti.
Que dano há em ouvir palavras? Atos
malparados na palavra se denunciam.
Geraste-o, de modo que se te fizesse
1190 o mais ímpio dos piores atos, ó pai,
não te é lícito revidar-lhe com males.
Tem dó dele. Outros têm maus filhos
e furor acre, mas conselhos dos seus
com encantos encantam sua natureza.
1195 Observa os idos males, não os de hoje,
mas paternos e maternos que sofreste,
e se os fitas, eu sei, reconhecerás que
de molesto furor surge molesto termo,
pois tens não pequena admoestação
1200 espoliado de teus olhos que não veem.
Mas concede-nos. Não é belo insistir
quem pede o justo, nem bem tratado
não saber retribuir o bom tratamento.

ÉDIPO

Filha, vós me venceis grave prazer

1205 *λέγοντες· ἔστω δ᾽ οὖν ὅπως ὑμῖν φίλον.*
*μόνον, ξέν᾽, εἴπερ κεῖνος ὧδ᾽ ἐλεύσεται,*
*μηδεὶς κρατείτω τῆς ἐμῆς ψυχῆς ποτε.*

*{ΘΗ.}*

*ἅπαξ τὰ τοιαῦτ᾽, οὐχὶ δὶς χρῄζω κλυεῖν,*
*ὦ πρέσβυ. κομπεῖν δ᾽ οὐχὶ βούλομαι· σὺ δ᾽ ὢν*
1210 *σῶς ἴσθ᾽, ἐάν περ κἀμέ τις σῴζῃ θεῶν.*

1205 pela palavra. Seja como vos é grato!
Ó hóspede, se ele vier, que somente
não dominem jamais a minha vida!

TESEU

Uma só vez, não duas, preciso ouvir
tal fala! Sem alarde, saibas que estás
1210 salvo, se algum dos Deuses me salva.

{XO.}

{STR.} ὅστις τοῦ πλέονος μέρους
χρῄζει τοῦ μετρίου παρεὶς
ζώειν, σκαιοσύναν φυλάς-
σων ἐν ἐμοὶ κατάδηλος ἔσται.
1215 ἐπεὶ πολλὰ μὲν αἱ μακραὶ
ἁμέραι κατέθεντο δὴ
λύπας ἐγγυτέρω, τὰ τέρ-
ποντα δ᾽ οὐκ ἂν ἴδοις ὅπου,
ὅταν τις ἐς πλέον πέσῃ
1220 τοῦ δέοντος· ὁ δ᾽ ἐπίκουρος ἰσοτέλεστος,
Ἄϊδος ὅτε μοῖρ᾽ ἀνυμέναιος
ἄλυρος ἄχορος ἀναπέφηνε,
θάνατος ἐς τελευτάν.

{ANT.}
μὴ φῦναι τὸν ἅπαντα νι-
1225 κᾷ λόγον· τὸ δ᾽, ἐπεὶ φανῇ,
βῆναι κεῖθεν ὅθεν περ ἥ-
κει, πολὺ δεύτερον ὡς τάχιστα.
ὡς εὖτ᾽ ἂν τὸ νέον παρῇ
1230 κούφας ἀφροσύνας φέρον,
τίς πλάγχθη πολύμοχθος ἔ-
ξω; τίς οὐ καμάτων ἔνι;
φόνοι, στάσεις, ἔρις, μάχαι
1235 καὶ φθόνος· τό τε κατάμεμπτον ἐπιλέλογχε
πύματον ἀκρατὲς ἀπροσόμιλον
γῆρας ἄφιλον, ἵνα πρόπαντα
κακὰ κακῶν ξυνοικεῖ.

## [TERCEIRO ESTÁSIMO (1211-1248)]

CORO

EST. Quem quer parte maior
por desdém da medida
de vida será a meu ver
claro guarda de sinistro,
1215 pois as longas jornadas
têm os muitos aportes
mais perto de dor onde
os prazeres não verias
quando além do devido
1220 é o declínio. Por igual acode
quando de Hades surge parte
sem himeneu nem lira
nem coros, Morte afinal.

ANT.
Não ter nascido supera
1225 toda conta, mas nascido
ir para lá donde se veio
o mais rápido é segundo.
Quando se vai juventude
1230 com suas leves loucuras,
que trabalhosa dor falta?
Que fadiga não aparece?
Matanças, motins, rixas, batalhas
1235 e invídia. Por fim vem a Velhice
vil sem forças nem acordos
sócia de todos os males piores.

{ΕΡ.}

ἐν ᾧ τλάμων ὅδ᾽– οὐκ ἐγὼ μόνος –
1240 πάντοθεν βόρειος ὥς τις ἀκτὰ
κυματοπλὴξ χειμερία κλονεῖται,
ὣς καὶ τόνδε κατ᾽ ἄκρας
δειναὶ κυματοαγεῖς
ἆται κλονέουσιν ἀεὶ ξυνοῦσαι,
1245 αἱ μὲν ἀπ᾽ ἀελίου δυσμᾶν,
αἱ δ᾽ ἀνατέλλοντος,
αἱ δ᾽ ἀνὰ μέσσαν ἀκτῖν᾽,
αἱ δ᾽ ἐννυχιᾶν ἀπὸ Ῥιπᾶν.

EPODO

Nela este é infausto, não só eu,
1240 qual orla boreal de todo lado
batida de onda hiemal é acossada,
assim a este desde cima
terríveis undíferas erronias
acossam sempre conviventes,
1245 umas vindas do sol poente,
outras vindas do levante,
outras vindas do meio-dia,
outras, das noturnas Ripas.

{AN.}

καὶ μὴν ὅδ' ἡμῖν, ὡς ἔοικεν, ὁ ξένος·
1250 ἀνδρῶν γε μοῦνος, ὦ πάτερ, δι' ὄμματος
ἀστακτὶ λείβων δάκρυον ὧδ' ὁδοιπορεῖ.

{OI.}

τίς οὗτος;

{AN.}

ὅνπερ καὶ πάλαι κατείχομεν
γνώμῃ, πάρεστι δεῦρο Πολυνείκης ὅδε.

{ΠΟΛΥΝΕΙΚΗΣ}

οἴμοι, τί δράσω; πότερα τἀμαυτοῦ κακὰ
1255 πρόσθεν δακρύσω, παῖδες, ἢ τὰ τοῦδ' ὁρῶν
πατρὸς γέροντος; ὃν ξένης ἐπὶ χθονὸς
σὺν σφῷν ἐφηύρηκ' ἐνθάδ' ἐκβεβλημένον
ἐσθῆτι σὺν τοιᾷδε, τῆς ὁ δυσφιλὴς
γέρων γέροντι συγκατῴκηκεν πίνος
1260 πλευρὰν μαραίνων, κρατὶ δ' ὀμματοστερεῖ
κόμη δι' αὔρας ἀκτένιστος ᾄσσεται·
ἀδελφὰ δ', ὡς ἔοικε, τούτοισιν φορεῖ
τὰ τῆς ταλαίνης νηδύος θρεπτήρια.
ἁγὼ πανώλης ὄψ' ἄγαν ἐκμανθάνω·
1265 καὶ μαρτυρῶ κάκιστος ἀνθρώπων τροφαῖς
ταῖς σαῖσιν ἥκειν· τἀμὰ μὴ 'ξ ἄλλων πύθῃ.
ἀλλ' ἔστι γὰρ καὶ Ζηνὶ σύνθακος θρόνων
Αἰδὼς ἐπ' ἔργοις πᾶσι, καὶ πρὸς σοί, πάτερ,

## [QUARTO EPISÓDIO (1249-1555)]

ANTÍGONA

Eis o forasteiro, ao que me parece,
1250 caminha a sós sem escolta, ó pai,
vertendo incessante pranto dos olhos.

ÉDIPO

Quem é ele?

ANTÍGONA

Quem tínhamos crido
há pouco, eis aqui presente Polinices.

POLINICES

*Oímoi,* que fazer? Meus próprios males
1255 devo prantear antes, filhas, ou ao ver
os do pai ancião? Em terra estrangeira
convosco eu o descobri exilado aqui
com essas vestes, cuja sujeira odiosa
já envelhecida com o velho convive
1260 ferindo o flanco e no crânio sem olhos
os cabelos revoltos se agitam ao vento.
Símeis a isso, ao que parece, carrega
os mantimentos para o sofrido ventre.
Que ruinoso fui percebo muito tarde,
1265 reconheço ter sido o pior dos homens
ao cuidar de ti, não o saibas de outrem.
Mas senta-se junto ao trono de Zeus
o Dó para todos os atos, e junto a ti,

παρασταθήτω. τῶν γὰρ ἡμαρτημένων
1270 ἄκη μὲν ἔστι, προσφορὰ δ᾽ οὐκ ἔστ᾽ ἔτι.
τί σιγᾷς;
φώνησον, ὦ πάτερ, τι· μή μ᾽ ἀποστραφῇς·
οὐδ᾽ ἀνταμείβῃ μ᾽ οὐδέν; ἀλλ᾽ ἀτιμάσας
πέμψεις ἄναυδος, οὐδ᾽ ἃ μηνίεις φράσας;
1275 ὦ σπέρματ᾽ ἀνδρὸς τοῦδ᾽, ἐμαὶ δ᾽ ὁμαίμονες,
πειράσατ᾽ ἀλλ᾽ ὑμεῖς γε κινῆσαι πατρὸς
τὸ δυσπρόσοιστον κἀπροσήγορον στόμα,
ὡς μή μ᾽ ἄτιμον, τοῦ θεοῦ γε προστάτην,
οὕτως ἀφῇ με μηδὲν ἀντειπὼν ἔπος.

{ΑΝ.}
1280 λέγ᾽, ὦ ταλαίπωρ᾽, αὐτὸς ὧν χρείᾳ πάρει.
τὰ πολλὰ γάρ τοι ῥήματ᾽ ἢ τέρψαντά τι,
ἢ δυσχεράναντ᾽, ἢ κατοικτίσαντά πως,
παρέσχε φωνὴν τοῖς ἀφωνήτοις τινά.

{ΠΟ.}
ἀλλ᾽ ἐξερῶ· καλῶς γὰρ ἐξηγῇ σύ μοι·
1285 πρῶτον μὲν αὐτὸν τὸν θεὸν ποιούμενος
ἀρωγόν, ἔνθεν μ᾽ ὧδ᾽ ἀνέστησεν μολεῖν
ὁ τῆσδε τῆς γῆς κοίρανος, διδοὺς ἐμοὶ
λέξαι τ᾽ ἀκοῦσαί τ᾽ ἀσφαλεῖ σὺν ἐξόδῳ.
καὶ ταῦτ᾽ ἀφ᾽ ὑμῶν, ὦ ξένοι, βουλήσομαι
1290 καὶ ταῖνδ᾽ ἀδελφαῖν καὶ πατρὸς κυρεῖν ἐμοί.
ἃ δ᾽ ἦλθον ἤδη σοι θέλω λέξαι, πάτερ·
γῆς ἐκ πατρῴας ἐξελήλαμαι φυγάς,
τοῖς σοῖς πανάρχος οὕνεκ᾽ ἐνθακεῖν θρόνοις
γονῇ πεφυκὼς ἠξίουν γεραιτέρᾳ.
1295 ἀνθ᾽ ὧν μ᾽ Ἐτεοκλῆς, ὢν φύσει νεώτερος,
γῆς ἐξέωσεν, οὔτε νικήσας λόγῳ
οὔτ᾽ εἰς ἔλεγχον χειρὸς οὐδ᾽ ἔργου μολών,

pai, esteja! Pois dos erros cometidos
1270 é o remédio e acréscimo não há mais.
Por que te calas?
Diz-me algo, meu pai! Não me repilas!
Não me respondes? Mas com desdém
despedes-me calado, nem dirás tua ira?
1275 Ó sementes deste varão, minhas irmãs,
intentai vós ao menos uma vez mover
a inabordável e intratável boca do pai
para que não a mim suplicante do Deus
não me deixe ir sem honra nem resposta.

ANTÍGONA

1280 Diz tu mesmo, infausto, por que vieste.
Muitas palavras, ou prazenteiras, ou
insuportáveis, ou talvez convincentes,
provocam a fala nos que estão calados.

POLINICES

Mas eu direi, pois bem me aconselhas.
1285 Primeiro torno defensor o Deus mesmo
donde me fez levantar para vir aqui
o senhor desta terra ao me conceder
falar e ouvir com segurança de partir.
De vós, hóspedes, e de minhas irmãs
1290 e de meu pai quero também obter isso.
A que eu vim quero já te revelar, pai.
Da terra pátria estou expulso exilado
porque pretendia sentar em teu trono
onipotente por ser nascido mais velho.
1295 Por isso, Etéocles, nascido mais novo,
baniu-me da terra sem vencer na fala
nem provar com as mãos ou com atos,

πόλιν δὲ πείσας. ὧν ἐγὼ μάλιστα μὲν
τὴν σὴν Ἐρινὺν αἰτίαν εἶναι λέγω.
1300 [ἔπειτα κἀπὸ μάντεων ταύτῃ κλύω.]
ἐπεὶ γὰρ ἦλθον Ἄργος ἐς τὸ Δωρικόν,
λαβὼν Ἄδραστον πενθερόν, ξυνωμότας
ἔστησ᾽ ἐμαυτῷ γῆς ὅσοιπερ Ἀπίας
πρῶτοι καλοῦνται καὶ τετίμηνται δορί,
1305 ὅπως τὸν ἑπτάλογχον ἐς Θήβας στόλον
ξὺν τοῖσδ᾽ ἀγείρας ἢ θάνοιμι πανδίκως,
ἢ τοὺς τάδ᾽ ἐκπράξαντας ἐκβάλοιμι γῆς.
εἶεν· τί δῆτα νῦν ἀφιγμένος κυρῶ;
σοὶ προστροπαίους, ὦ πάτερ, λιτὰς ἔχων
1310 αὐτός τ᾽ ἐμαυτοῦ ξυμμάχων τε τῶν ἐμῶν,
οἳ νῦν σὺν ἑπτὰ τάξεσιν σὺν ἑπτά τε
λόγχαις τὸ Θήβης πεδίον ἀμφεστᾶσι πᾶν·
οἷος δορυσσοῦς Ἀμφιάρεως, τὰ πρῶτα μὲν
δόρει κρατύνων, πρῶτα δ᾽ οἰωνῶν ὁδοῖς·
1315 ὁ δεύτερος δ᾽ Αἰτωλὸς Οἰνέως τόκος
Τυδεύς· τρίτος δ᾽ Ἐτέοκλος, Ἀργεῖος γεγώς·
τέταρτον Ἱππομέδοντ᾽ ἀπέστειλεν πατὴρ
Ταλαός· ὁ πέμπτος δ᾽ εὔχεται κατασκαφῇ
Καπανεὺς τὸ Θήβης ἄστυ δῃώσειν τάχα.
1320 ἕκτος δὲ Παρθενοπαῖος Ἀρκὰς ὄρνυται,
ἐπώνυμος τῆς πρόσθεν ἀδμήτης [χρόνῳ
μητρὸς λοχευθείς, πιστὸς Ἀταλάντης] γόνος·
ἐγὼ δ᾽ ὁ σός, κεἰ μὴ σός, ἀλλὰ τοῦ κακοῦ
πότμου φυτευθείς, σός γέ τοι καλούμενος,
1325 ἄγω τὸν Ἄργους ἄφοβον ἐς Θήβας στρατόν.
οἵ σ᾽ ἀντὶ παίδων τῶνδε καὶ ψυχῆς, πάτερ,
ἱκετεύομεν ξύμπαντες ἐξαιτούμενοι
μῆνιν βαρεῖαν εἰκαθεῖν ὁρμωμένῳ
τῷδ᾽ ἀνδρὶ τοὐμοῦ πρὸς κασιγνήτου τίσιν,
1330 ὅς μ᾽ ἐξέωσεν κἀπεσύλησεν πάτρας.

mas seduziu a urbe. Com mais certeza
considero a causa disso ser a tua Erínis,
1300 pois também de adivinhos assim ouvi.
Tão logo eu cheguei a Argos na Dórida
tive Adrasto por sogro e sob juramento
aliados a mim todos os na terra Ápia
chamados chefes e honrados na lança.
1305 Com eles reuni sete tropas de lanceiros
contra Tebas para morrer pela justiça
ou expulsar da terra esses usurpadores.
Bem, por que ora me encontro aqui?
Para trazer-te, pai, as súplices preces,
1310 as minhas mesmas e de meus aliados
que agora com sete tropas e com sete
lanças cercam toda a planície de Tebas.
São eles o lanceiro Anfiarau excelente
no manejo da lança e no voo das aves,
1315 segundo o etólio filho de Eneu, Tideu,
terceiro Etéoclo, que nasceu em Argos,
quarto Hipomedonte, enviado por seu
pai Tálao, quinto Capaneu proclama
que logo incendiará Tebas em ruínas,
1320 sexto corre o árcade Partenopeu com
nome por mãe indômita tempo antes
de o parturir, o fiel filho de Atalanta,
e eu, o teu, e se não o teu, gerado por
maligna sorte, e dito ao menos o teu,
1325 levo intrépida tropa de Argos a Tebas.
Nós, por tuas filhas e tua vida, pai,
todos suplicamos juntos implorando
que abrandes a grave ira contra mim
quando vou à vindita de meu irmão
1330 que me expulsou e usurpou a pátria.

εἰ γάρ τι πιστόν ἐστιν ἐκ χρηστηρίων,
οἷς ἂν σὺ προσθῇ, τοῖσδ᾽ ἔφασκ᾽ εἶναι κράτος.
πρός νύν σε κρηνῶν, πρὸς θεῶν ὁμογνίων
αἰτῶ πιθέσθαι καὶ παρεικαθεῖν, ἐπεὶ
1335 πτωχοὶ μὲν ἡμεῖς καὶ ξένοι, ξένος δὲ σύ·
ἄλλους δὲ θωπεύοντες οἰκοῦμεν σύ τε
κἀγώ, τὸν αὐτὸν δαίμον᾽ ἐξειληχότες.
ὁ δ᾽ ἐν δόμοις τύραννος, ὢ τάλας ἐγώ,
κοινῇ καθ᾽ ἡμῶν ἐγγελῶν ἁβρύνεται·
1340 ὅν, εἰ σὺ τἠμῇ ξυμπαραστήσῃ φρενί,
βραχεῖ σὺν ὄγκῳ καὶ χρόνῳ διασκεδῶ.
ὥστ᾽ ἐν δόμοισι τοῖσι σοῖς στήσω σ᾽ ἄγων,
στήσω δ᾽ ἐμαυτόν, κεῖνον ἐκβαλὼν βίᾳ.
καὶ ταῦτα σοῦ μὲν ξυνθέλοντος ἔστι μοι
1345 κομπεῖν, ἄνευ σοῦ δ᾽ οὐδὲ σωθῆναι σθένω.

{ΧΟ.}

τὸν ἄνδρα, τοῦ πέμψαντος οὕνεκ᾽, Οἰδίπους,
εἰπὼν ὁποῖα ξύμφορ᾽ ἔκπεμψαι πάλιν.

{ΟΙ.}

ἀλλ᾽ εἰ μέν, ἄνδρες τῆσδε δημοῦχοι χθονός,
μὴ ᾽τύγχαν᾽ αὐτὸν δεῦρο προσπέμψας ἐμοὶ
1350 Θησεύς, δικαιῶν ὥστ᾽ ἐμοῦ κλυεῖν λόγους,
οὔ τἄν ποτ᾽ ὀμφῆς τῆς ἐμῆς ἐπῄσθετο·
νῦν δ᾽ ἀξιωθεὶς εἶσι κἀκούσας γ᾽ ἐμοῦ
τοιαῦθ᾽ ἃ τὸν τοῦδ᾽ οὔ ποτ᾽ εὐφρανεῖ βίον·
ὅς γ᾽, ὦ κάκιστε, σκῆπτρα καὶ θρόνους ἔχων,
1355 ἃ νῦν ὁ σὸς ξύναιμος ἐν Θήβαις ἔχει,
τὸν αὐτὸς αὑτοῦ πατέρα τόνδ᾽ ἀπήλασας
κἄθηκας ἄπολιν καὶ στολὰς ταύτας φορεῖν,
ἃς νῦν δακρύεις εἰσορῶν, ὅτ᾽ ἐν κλόνῳ
ταὐτῷ βεβηκὼς τυγχάνεις κακῶν ἐμοί.

Se os oráculos dão alguma garantia,
quem apoiares, dizem, terá a vitória.
Pelas fontes e por Deuses familiares
peço-te que atendas e concedas, pois
1335 mendigo e hóspede sou, hóspede és.
Por adularmos outrem, vivemos tu
e eu, sorteados com o mesmo Nume,
ele, tirano em casa, mísero de mim,
se regala enquanto ri de ambos nós.
1340 A ele, se tu me assistires ao intento,
com breve labor e tempo o disperso.
Assim em tua própria casa te porei
e me porei, após expulsá-lo à força.
Se tu assim quiseres comigo, posso
1345 dizê-lo, sem ti nem me salvar posso.

CORO

A esse varão, por quem o trouxe a ti,
Édipo, diz o que convém e o despede.

ÉDIPO

Mas, ó varões moradores desta terra,
se Teseu não o tivesse trazido a mim
1350 crendo justo que ouvisse minha fala,
ele não ouviria jamais a minha voz.
Mas agora satisfeito irá após ouvir
de mim o que não alegrará sua vida.
Tu, ó vilíssimo, ao teres trono e cetro
1355 que agora o teu irmão tem em Tebas,
tu mesmo expulsaste teu próprio pai
e o fizeste apátrida portar estes trajes
que agora vês e deploras ao chegares
ao mesmo turbilhão de males que eu.

1360 οὐ κλαυστὰ δ᾽ ἐστίν, ἀλλ᾽ ἐμοὶ μὲν οἰστέα
τάδ᾽ ἕωσπερ ἂν ζῶ, σοῦ φονέως μεμνημένῳ·
σὺ γάρ με μόχθῳ τῷδ᾽ ἔθηκας ἔντροφον,
σύ μ᾽ ἐξέωσας, ἐκ σέθεν δ᾽ ἀλώμενος
ἄλλους ἐπαιτῶ τὸν καθ᾽ ἡμέραν βίον.
1365 εἰ δ᾽ ἐξέφυσα τάσδε μὴ 'μαυτῷ τροφοὺς
τὰς παῖδας, ἦ τἂν οὐκ ἂν ἦ, τὸ σὸν μέρος·
νῦν δ᾽ αἵδε μ᾽ ἐκσῴζουσιν, αἵδ᾽ ἐμαὶ τροφοί,
αἵδ᾽ ἄνδρες, οὐ γυναῖκες, ἐς τὸ συμπονεῖν·
ὑμεῖς δ᾽ ἀπ᾽ ἄλλου κοὐκ ἐμοῦ πεφύκατον.
1370 τοιγάρ σ᾽ ὁ δαίμων εἰσορᾷ μέν οὔ τί πω
ὡς αὐτίκ᾽, εἴπερ οἵδε κινοῦνται λόχοι
πρὸς ἄστυ Θήβης. οὐ γὰρ ἔσθ᾽ ὅπως πόλιν
κείνην ἐρείψεις, ἀλλὰ πρόσθεν αἵματι
πεσῇ μιανθεὶς χὠ ξύναιμος ἐξ ἴσου.
1375 τοιάσδ᾽ ἀρὰς σφῷν πρόσθε τ᾽ ἐξανῆκ᾽ ἐγὼ
νῦν τ᾽ ἀνακαλοῦμαι ξυμμάχους ἐλθεῖν ἐμοί,
ἵν᾽ ἀξιῶτον τοὺς φυτεύσαντας σέβειν,
καὶ μὴ 'ξατιμάζητον, εἰ τυφλοῦ πατρὸς
τοιώδ᾽ ἔφυτον. αἵδε γὰρ τάδ᾽ οὐκ ἔδρων.
1380 τοιγὰρ τὸ σὸν θάκημα καὶ τοὺς σοὺς θρόνους
κρατοῦσιν, εἴπερ ἐστὶν ἡ παλαίφατος
Δίκη ξύνεδρος Ζηνὸς ἀρχαίοις νόμοις.
σὺ δ᾽ ἔρρ᾽ ἀπόπτυστός τε κἀπάτωρ ἐμοῦ,
κακῶν κάκιστε, τάσδε συλλαβὼν ἀράς,
1385 ἅς σοι καλοῦμαι, μήτε γῆς ἐμφυλίου
δόρει κρατῆσαι μήτε νοστῆσαί ποτε
τὸ κοῖλον Ἄργος, ἀλλὰ συγγενεῖ χερὶ
θανεῖν κτανεῖν θ᾽ ὑφ᾽ οὗπερ ἐξελήλασαι.
τοιαῦτ᾽ ἀρῶμαι, καὶ καλῶ τὸ Ταρτάρου
1390 στυγνὸν πατρῷον ἔρεβος, ὥς σ᾽ ἀποικίσῃ,
καλῶ δὲ τάσδε δαίμονας, καλῶ δ᾽ Ἄρη
τὸν σφῷν τὸ δεινὸν μῖσος ἐμβεβληκότα.

1360 Isto não me é deplorável, mas sofrível
enquanto vivo, lembrado de teu crime.
Tu me tornaste nutrido desta fadiga,
tu me repeliste e assim perambulando
mendigo a outros a vida de cada dia.
1365 Se eu não tivesse estas minhas nutrizes
filhas, eu não viveria, por tuas contas.
Agora elas me salvam, elas me nutrem,
elas são varoas, não mulheres, na lide.
Vós dois sois filhos de outro, não meus.
1370 Por isso o Nume te mira, não tão ainda
quão logo, se essas tropas se moverem
contra Tebas, pois não há como aquela
urbe abateres, mas antes com o sangue
poluindo-a cairás, e teu irmão por igual.
1375 Tais imprecações antes já vos lancei eu
e agora as invoco para me virem aliadas,
para que ambos vós vos digneis venerar
os pais e não os desonreis, se de pai cego
ambos nascestes. Estas não agiam assim.
1380 Por isso elas superam tua súplice atitude
e teu trono, se vive a de prístina palavra
Justiça parceira de Zeus por priscos usos.
Vai-te, cuspido e sem pai de minha parte,
ó pior dos piores, com estas imprecações,
1385 que contra ti invoco, nem a terra nativa
venceres na lança nem retornares jamais
a abrupta Argos, mas às consanguíneas
mãos morreres e matares teu usurpador.
Assim impreco e invoco o odioso pátrio
1390 trevor do Tártaro para que lá te instales,
invoco tais Numes, e invoco ainda Ares
que lançou em vós ambos terrível ódio.

*καὶ ταῦτ' ἀκούσας στεῖχε, κἀξάγγελλ' ἰὼν*
*καὶ πᾶσι Καδμείοισι τοῖς σαυτοῦ θ' ἅμα*
1395 *πιστοῖσι συμμάχοισιν, οὕνεκ' Οἰδίπους*
*τοιαῦτ' ἔνειμε παισὶ τοῖς αὑτοῦ γέρα.*

*{ΧΟ.}*

*Πολύνεικες, οὔτε ταῖς παρελθούσαις ὁδοῖς*
*ξυνήδομαί σοι, νῦν τ' ἴθ' ὡς τάχος πάλιν.*

*{ΠΟ.}*

*οἴμοι κελεύθου τῆς τ' ἐμῆς δυσπραξίας*
1400 *οἴμοι δ' ἑταίρων· οἷον ἆρ' ὁδοῦ τέλος*
*Ἄργους ἀφωρμήθημεν, ὢ τάλας ἐγώ,*
*τοιοῦτον οἷον οὐδὲ φωνῆσαί τινι*
*ἔξεσθ' ἑταίρων, οὐδ' ἀποστρέψαι πάλιν,*
*ἀλλ' ὄντ' ἄναυδον τῇδε συγκῦρσαι τύχῃ.*
1405 *ὦ τοῦδ' ὅμαιμοι παῖδες, ἀλλ' ὑμεῖς, ἐπεὶ*
*τὰ σκληρὰ πατρὸς κλύετε τοῦδ' ἀρωμένου,*
*μή τοί με πρὸς θεῶν σφώ γ', ἐὰν αἱ τοῦδ' ἀραὶ*
*πατρὸς τελῶνται καί τις ὑμὶν ἐς δόμους*
*νόστος γένηται, μή μ' ἀτιμάσητέ γε,*
1410 *ἀλλ' ἐν τάφοισι θέσθε κἀν κτερίσμασιν.*
*καὶ σφῷν ὁ νῦν ἔπαινος, ὃν κομίζετον*
*τοῦδ' ἀνδρὸς οἷς πονεῖτον, οὐκ ἐλάσσονα*
*ἔτ' ἄλλον οἴσει τῆς ἐμῆς ὑπουργίας.*

*{ΑΝ.}*

*Πολύνεικες, ἱκετεύω σε πεισθῆναί τί μοι.*

*{ΠΟ.}*

1415 *ὦ φιλτάτη, τὸ ποῖον, Ἀντιγόνη; λέγε.*

Ouve e põe-te a caminho, vai e anuncia
a todos os cadmeus e por igual aos teus
1395 fiéis aliados que são esses os privilégios
que Édipo atribuiu a seus próprios filhos.

CORO

Polinices, nem pelas pretéritas viagens
eu te felicito, volta agora quanto antes.

POLINICES

*Oímoi* por percurso de meu infortúnio!
1400 *Oímoi* por parceiros! Que final da via
que desde Argos abalei, pobre de mim,
tal que nem me será possível contar a
um dos parceiros nem repelir para trás,
mas calado encontrar-me com a sorte.
1405 Ó irmãs filhas deste, vós, que ouvistes
o pai proferir essas duras imprecações,
por Deuses, se as imprecações do pai
se cumprirem e vos couber o regresso
para casa, não me permitais a desonra
1410 mas concedei-me funerais e sepultura.
Este vosso louvor, que agora obtendes
deste varão porque dele cuidais, trará
um outro não menor por me assistirdes.

ANTÍGONA

Polinices, peço-te que me ouças algo.

POLINICES

1415 Caríssima Antígona, diz-me o quê!

{ΑΝ.}

*στρέψαι στράτευμ᾽ ἐς Ἄργος ὡς τάχιστ᾽ ἄγε,*
*καὶ μὴ σέ τ᾽ αὐτὸν καὶ πόλιν διεργάσῃ.*

{ΠΟ.}

*ἀλλ᾽ οὐχ οἷόν τε. πῶς γὰρ αὖθις αὖ πάλιν*
*στράτευμ᾽ ἄγοιμι <ἂν> ταὐτὸν εἰσάπαξ τρέσας;*

{ΑΝ.}

1420 *τί δ᾽ αὖθις, ὦ παῖ, δεῖ σε θυμοῦσθαι; τί σοι*
*πάτραν κατασκάψαντι κέρδος ἔρχεται;*

{ΠΟ.}

*αἰσχρὸν τὸ φεύγειν, καὶ τὸ πρεσβεύοντ᾽ ἐμὲ*
*οὕτω γελᾶσθαι τοῦ κασιγνήτου πάρα.*

{ΑΝ.}

*ὁρᾷς τὰ τοῦδ᾽ οὖν ὡς ἐς ὀρθὸν ἐκφέρεις*
1425 *μαντεύμαθ᾽, ὃς σφῷν θάνατον ἐξ ἀμφοῖν θροεῖ;*

{ΠΟ.}

*χρῄζει γάρ· ἡμῖν δ᾽ οὐχὶ συγχωρητέα;*

{ΑΝ.}

*οἴμοι τάλαινα· τίς δὲ τολμήσει κλυὼν*
*τὰ τοῦδ᾽ ἕπεσθαι τἀνδρός, οἷ᾽ ἐθέσπισεν;*

{ΠΟ.}

*οὐδ᾽ ἀγγελοῦμεν φλαῦρ᾽· ἐπεὶ στρατηλάτου*
1430 *χρηστοῦ τὰ κρείσσω μηδὲ τἀνδεᾶ λέγειν.*

ANTÍGONA

Volve a tropa a Argos quanto antes!
Não te destruas a ti mesmo e à urbe!

POLINICES

Não é possível, pois como outra vez
teria a mesma tropa se uma vez temi?

ANTÍGONA

1420 Por que, filho, te enfureces de novo?
Qual o teu lucro por destruir a pátria.

POLINICES

O exílio é vil, e sendo eu o mais velho
deixar que desse modo o irmão se ria.

ANTÍGONA

Vês que levas a termo vaticínios dele
1425 que de ambos proclama a morte mútua?

POLINICES

Pois isso ele quer, mas não devo ceder.

ANTÍGONA

*Oímoi* mísera! Quem ousará te seguir
ao ouvir os vaticínios que ele proferiu?

POLINICES

Não anuncio o ruim, próprio do chefe
1430 profícuo é dizer o melhor, não o pior.

{ΑΝ.}

*οὕτως ἄρ', ὦ παῖ, ταῦτά σοι δεδογμένα;*

{ΠΟ.}

*καὶ μή μ' ἐπίσχῃς γ'· ἀλλ' ἐμοὶ μὲν ἥδ' ὁδὸς*
*ἔσται μέλουσα δύσποτμός τε καὶ κακὴ*
*πρὸς τοῦδε πατρὸς τῶν τε τοῦδ' Ἐρινύων.*
1435 *σφῷν δ' εὖ διδοίη Ζεύς, τάδ' εἰ τελεῖτέ μοι.*
*[θανόντ' ἐπεὶ οὔ μοι ζῶντί γ' αὖθις ἕξετον.]*
*μέθεσθε δ' ἤδη, χαίρετόν τ'. οὐ γάρ μ' ἔτι*
*βλέποντ' ἐσόψεσθ' αὖθις.*

{ΑΝ.}

*ὢ τάλαιν' ἐγώ.*

{ΠΟ.}

*μή τοί μ' ὀδύρου.*

{ΑΝ.}

*καὶ τίς ἄν σ' ὁρμώμενον*
1440 *ἐς προῦπτον Ἅιδην οὐ καταστένοι, κάσι;*

{ΠΟ.}

*εἰ χρή, θανοῦμαι.*

{ΑΝ.}

*μὴ σύ γ', ἀλλ' ἐμοὶ πιθοῦ.*

{ΠΟ.}

*μὴ πεῖθ' ἃ μὴ δεῖ.*

ANTÍGONA

Assim, ó menino, por ti está decidido?

POLINICES

Não me retenhas! Importa-me se este
será o caminho de má sorte e funesto
provindo deste pai e das Erínies dele.
1435 Zeus vos dê bem, se isso me fizerdes
já morto, que vivo nada mais podereis.
Deixai-me ir, passai bem, pois vivo
não mais me vereis!

ANTÍGONA

Mísera de mim!

POLINICES

Não me chores!

ANTÍGONA

Quem não choraria
1440 se previsível te vais ao Hades, irmão?

POLINICES

Se é fatal, morrerei.

ANTÍGONA

Não tu! Ouve-me!

POLINICES

Não peças o indevido.

*{ΑΝ.}*

*Δυστάλαινά τἄρ᾽ ἐγώ,*
*εἴ σου στερηθῶ.*

*{ΠΟ.}*

*ταῦτα δ᾽ ἐν τῷ δαίμονι*
*καὶ τῇδε φῦναι χἀτέρᾳ. σφῷν δ᾽ οὖν ἐγὼ*
1445 *θεοῖς ἀρῶμαι μή ποτ᾽ ἀντῆσαι κακῶν·*
*ἀνάξιαι γὰρ πᾶσίν ἐστε δυστυχεῖν.*

ANTÍGONA

Mísera de mim,
se te perco!

POLINICES

Isso depende do Nume
como será ou não. Peço aos Deuses
1445 que não vos defronteis com males,
mereceis menos que todos má sorte.

{XO.}

{STR. 1.} νέα τάδε νεόθεν ἦλθέ μοι
<νέα> βαρύποτμα κακὰ παρ᾽ ἀλαοῦ ξένου,
1450 εἴ τι μοῖρα μὴ κιγχάνει.
ματᾶν γὰρ οὐδὲν ἀξίω-
μα δαιμόνων ἔχω φράσαι.
ὁρᾷ δ᾽ ὁρᾷ ταῦτ᾽ ἀεὶ
χρόνος, στρέφων μὲν ἕτερα,
1455 τὰ δὲ παρ᾽ ἦμαρ αὖθις αὔξων ἄνω.
ἔκτυπεν αἰθήρ, ὦ Ζεῦ.

{OI.}

ὦ τέκνα τέκνα, πῶς ἄν, εἴ τις ἔντοπος,
τὸν πάντ᾽ ἄριστον δεῦρο Θησέα πόροι;

{AN.}

πάτερ, τί δ᾽ ἐστὶ τἀξίωμ᾽ ἐφ᾽ ᾧ καλεῖς;

{OI.}

1460 Διὸς πτερωτὸς ἥδε μ᾽ αὐτίκ᾽ ἄξεται
βροντὴ πρὸς Ἅιδην. ἀλλὰ πέμψαθ᾽ ὡς τάχος.

{XO.}

{ANT. 1.} ἴδε μάλα· μέγας ἐρείπεται
κτύπος ἄφατος ὅδε διόβολος, ἐς δ᾽ ἄκραν
1465 δεῖμ᾽ ὑπῆλθε κρατὸς φόβαν.
ἔπτηξα θυμόν· οὐράνὸν
γὰρ ἀστραπὰ φλέγει πάλιν.

## [*KOMMÓS* (1447-1499)]

CORO

EST.1 Estes novos graves males
de novo vieram do cego hóspede,
1450 se Parte acaso não dá o golpe.
Nula não posso dizer uma
sequer sentença dos Numes.
É onividente, vidente sempre
Tempo, subvertendo ora uns
1455 ora outros no dia revertendo.
Troou o fulgor, ó Zeus!

ÉDIPO

Ó filhas, filhas, há entre os nativos
quem me trouxesse magno Teseu?

ANTÍGONA

Pai, que razão tens para chamá-lo?

ÉDIPO

1460 Este alado troar de Zeus me levará
logo ao Hades. Chamai-o quanto antes.

CORO

ANT.1 Vede, cai este grande estrépito
indizível projétil de Zeus e o medo
1465 percorre a fronde do crânio hirta.
Retraio o ânimo ao resplender
outra vez o relâmpago no céu.

τί μὰν; ἀφήσει βέλος;
δέδια τόδ᾽· οὐ γὰρ ἅλιον
1470 ἀφορμᾷ ποτ᾽, οὐκ ἄνευ ξυμφορᾶς,
ὦ μέγας αἰθήρ, ὦ Ζεῦ.

{ΟΙ.}

ὦ παῖδες, ἥκει τῷδ᾽ ἐπ᾽ ἀνδρὶ θέσφατος
βίου τελευτή, κοὐκέτ᾽ ἔστ᾽ ἀποστροφή.

{ΑΝ.}

πῶς οἶσθα; τῷ δὲ τοῦτο συμβαλὼν ἔχεις;

{ΟΙ.}

1475 καλῶς κάτοιδ᾽· ἀλλ᾽ ὡς τάχιστά μοι μολὼν
ἄνακτα χώρας τῆσδέ τις πορευσάτω.

{ΧΟ.}

{STR. 2.} ἔα ἔα, ἰδοὺ μάλ᾽ αὖ-
θις· ἀμφίσταται διαπρύσιος ὄτοβος.
1480 ἵλαος, ὦ δαίμων, ἵλαος, εἴ τι γᾷ
ματέρι τυγχάνεις ἀφεγγὲς φέρων.
ἐναισίου δὲ σοῦ τύχοι-
μι, μηδ᾽ ἄλαστον ἄνδρ᾽ ἰδὼν
ἀκερδῆ χάριν μετάσχοιμί πως.
1485 Ζεῦ ἄνα, σοὶ φωνῶ.

{ΟΙ.}

ἆρ᾽ ἐγγὺς ἁνήρ; ἆρ᾽ ἔτ᾽ ἐμψύχου, τέκνα,
κιχήσεταί μου καὶ κατορθοῦντος φρένα;

{ΑΝ.}

τί δ᾽ ἂν θέλοις τὸ πιστὸν ἐμφῦσαι φρενί;

O que será? Lançará projétil?
Tenho medo, não em vão
1470 irrompe nem sem conjunção.
Ó grande fulgor! Ó Zeus!

ÉDIPO

Ó filhas, vem a este varão o predito
por Deus fim da vida, não há evasão.

ANTÍGONA

Como sabes? De que inferiste isto?

ÉDIPO

1475 Bem o sei, mas quanto antes parta
quem me conduza o rei desta terra.

CORO

EST. 2 *Éa éa!* Vede outra vez
circunvolve prolongado fragor.
1480 Propício, ó Nume, propício,
se à terra mãe trazes trevas.
Auspicioso te encontre!
Não obtenha danosa graça
por ter visto nefando varão!
1485 Zeus rei, a ti eu clamo.

ÉDIPO

Veio o varão? Ainda vivo, filhas,
ele me alcançará e no uso do siso?

ANTÍGONA

Que fiança lhe quererias confiar?

{ΟΙ.}

ἀνθ᾽ ὧν ἔπασχον εὖ τελεσφόρον χάριν
1490 δοῦναί σφιν, ἥνπερ τυγχάνων ὑπεσχόμην.

{ΧΟ.}

{ΑΝΤ. 2.} ἰὼ ἰώ, παῖ, βᾶθι βᾶθ᾽,
†εἴτ᾽ ἄκραν ἐπὶ† γύαλον ἐναλίῳ
Ποσειδανίῳ θεῷ τυγχάνεις
1495 βούθυτον ἑστίαν ἁγίζων, ἱκοῦ.
ὁ γὰρ ξένος σε καὶ πόλι-
σμα καὶ φίλους ἐπαξιοῖ
δικαίαν χάριν παρασχεῖν παθών.
σπεῦσον, ἄισσ᾽, ὦναξ.

{ΘΗ.}

1500 τίς αὖ παρ᾽ ὑμῶν κοινὸς ἠχεῖται κτύπος,
σαφὴς μὲν αὐτῶν, ἐμφανὴς δὲ τοῦ ξένου;
μή τις Διὸς κεραυνός, ἤ τις ὀμβρία
χάλαζ᾽ ἐπιρράξασα; πάντα γὰρ θεοῦ
τοιαῦτα χειμάζοντος εἰκάσαι πάρα.

{ΟΙ.}

1505 ἄναξ, ποθοῦντι προὐφάνης, καί σοι θεῶν
τύχην τις ἐσθλὴν τῆσδ᾽ ἔθηκε τῆς ὁδοῦ.

{ΘΗ.}

τί δ᾽ ἐστίν, ὦ παῖ Λαΐου, νέορτον αὖ;

{ΟΙ.}

ῥοπὴ βίου μοι· καί σ᾽ ἅπερ ξυνήνεσα
θέλω πόλιν τε τήνδε μὴ ψεύσας θανεῖν.

ÉDIPO

Por bens recebidos lhe dar graça
1490 efetiva, que ao obtê-los prometi.

CORO

ANT.2 *Iò ió!* Filho, vem! Vem,
se estás no fundo do vale
imolando boi no altar
1495 do salino Deus Posídon.
O hóspede avalia dar
graça a ti, à urbe e aos
nossos por tê-la obtido.
Avia-te e vem, ó rei!

TESEU

1500 Que clamor vosso ecoa comum
óbvio de vós e claro do hóspede?
Seria um raio de Zeus? Ou pluviosa
pancada de granizo? Quando o Deus
tempestua, tudo se pode conjecturar.

ÉDIPO

1505 Senhor, vieste aonde eras esperado.
Um Deus te deu a boa sorte de vires.

TESEU

O que há de novo, ó filho de Laio?

ÉDIPO

No declínio da vida, quero morrer
sem mentir a esta urbe o que anuí.

{ΘΗ.}

1510 ἔν τῷ δὲ κεῖσαι τοῦ μόρου τεκμηρίῳ;

{ΟΙ.}

αὐτοὶ θεοὶ κήρυκες ἀγγέλλουσί μοι,
ψεύδοντες οὐδὲν σημάτων προκειμένων.

{ΘΗ.}

πῶς εἶπας, ὦ γεραιέ, δηλοῦσθαι τάδε;

{ΟΙ.}

δῖαί τε βρονταὶ διατελεῖς τὰ πολλά τε
1515 στράψαντα χειρὸς τῆς ἀνικήτου βέλη.

{ΘΗ.}

πείθεις με· πολλὰ γάρ σε θεσπίζονθ' ὁρῶ
κοὐ ψευδόφημα· χὤ τι χρὴ ποεῖν λέγε.

{ΟΙ.}

ἐγὼ διδάξω, τέκνον Αἰγέως, ἅ σοὶ
γήρως ἄλυπα τῇδε κείσεται πόλει.
1520 χῶρον μὲν αὐτὸς αὐτίκ' ἐξηγήσομαι,
ἄθικτος ἡγητῆρος, οὗ με χρὴ θανεῖν.
τοῦτον δὲ φράζε μήποτ' ἀνθρώπων τινί,
μήθ' οὗ κέκευθε μήτ' ἐν οἷς κεῖται τόποις·
ὥς σοι πρὸ πολλῶν ἀσπίδων ἀλκὴν ὅδε
1525 δορός τ' ἐπακτοῦ γειτονῶν ἀεὶ τιθῇ.
ἃ δ' ἐξάγιστα μηδὲ κινεῖται λόγῳ
αὐτὸς μαθήσῃ, κεῖσ' ὅταν μόλῃς, μόνος·
ὡς οὔτ' ἂν ἀστῶν τῶνδ' ἂν ἐξείποιμί τῳ
οὔτ' ἂν τέκνοισι τοῖς ἐμοῖς, στέργων ὅμως.
1530 ἀλλ' αὐτὸς αἰεὶ σῷζε, χὤταν εἰς τέλος

TESEU

1510 Em que indício de morte repousas?

ÉDIPO

Eles Deuses arautos me anunciam
falhos em nenhum sinal proposto.

TESEU

Como, ó ancião, te mostram isso?

ÉDIPO

Divinos trovões contínuos e vários
1515 dardos fulminados por invicta mão.

TESEU

Creio em ti, vejo-te vaticinar muito
e não falso. Diz que devemos fazer.

ÉDIPO

Eu te direi, ó filho de Egeu, o que
sem dor senil tereis tu e esta urbe.
1520 Eu, sem toque de guia, te guiarei
ao lugar onde é meu fado morrer.
Não o indiques jamais a ninguém
nem onde se oculta nem onde fica,
para te defender com mil escudos
1525 sempre, e lança vinda de vizinhos.
Interditos que a palavra não move
tu os saberás quando lá fores a sós,
eu a nenhum destes cidadãos diria,
nem às filhas, ainda que eu as ame.
1530 Guarda-os sempre tu, e ao atingires

τοῦ ζῆν ἀφικνῇ, τῷ προφερτάτῳ μόνῳ
σήμαιν᾽, ὁ δ᾽ αἰεὶ τὠπιόντι δεικνύτω.
χοὔτως ἀδῇον τήνδ᾽ ἐνοικήσεις πόλιν
σπαρτῶν ἀπ᾽ ἀνδρῶν· αἱ δὲ μυρίαι πόλεις,
1535 κἂν εὖ τις οἰκῇ, ῥᾳδίως καθύβρισαν.
θεοὶ γὰρ εὖ μέν, ὀψὲ δ᾽ εἰσορῶσ᾽, ὅταν
τὰ θεῖ᾽ ἀφείς τις εἰς τὸ μαίνεσθαι τραπῇ·
ὃ μὴ σύ, τέκνον Αἰγέως, βούλου παθεῖν.
τὰ μὲν τοιαῦτ᾽ οὖν εἰδότ᾽ ἐκδιδάσκομεν.
1540 χῶρον δ᾽, ἐπείγει γάρ με τοὐκ θεοῦ παρόν,
στείχωμεν ἤδη, μηδ᾽ ἔτ᾽ ἐντρεπώμεθα.
ὦ παῖδες, ὧδ᾽ ἕπεσθ᾽. ἐγὼ γὰρ ἡγεμὼν
σφῷν αὖ πέφασμαι καινός, ὥσπερ σφὼ πατρί.
χωρεῖτε, καὶ μὴ ψαύετ᾽, ἀλλ᾽ ἐᾶτέ με
1545 αὐτὸν τὸν ἱερὸν τύμβον ἐξευρεῖν, ἵνα
μοῖρ᾽ ἀνδρὶ τῷδε τῇδε κρυφθῆναι χθονί.
τῇδ᾽, ὧδε, τῇδε βᾶτε· τῇδε γάρ μ᾽ ἄγει
Ἑρμῆς ὁ πομπὸς ἥ τε νερτέρα θεός.
ὦ φῶς ἀφεγγές, πρόσθε πού ποτ᾽ ἦσθ᾽ ἐμόν,
1550 νῦν δ᾽ ἔσχατόν σου τοὐμὸν ἅπτεται δέμας.
ἤδη γὰρ ἕρπω τὸν τελευταῖον βίον
κρύψων παρ᾽ Ἅιδην. ἀλλά, φίλτατε ξένων,
αὐτός τε χώρα θ᾽ ἥδε πρόσπολοί τε σοὶ
εὐδαίμονες γένοισθε, κἀπ᾽ εὐπραξίᾳ
1555 μέμνησθέ μου θανόντος εὐτυχεῖς ἀεί.

o fim da vida, diz só ao mais digno,<br>
que cada vez os revele ao sucessor.<br>
Assim terás esta urbe não vencível<br>
por varões semeados. Muitas urbes<br>
1535 de bom governo tendem à violência.<br>
Deuses, se tarde, bem veem quando<br>
se sai do divino e se junta à insânia.<br>
Isso não queiras ver, filho de Egeu.<br>
Mas disso dou lições a quem ciente.<br>
1540 Ao sítio, o sinal do Deus me incita,<br>
a caminho já, sem nos atrasar mais.<br>
Ó filhas, segui-me, pois novo guia<br>
vosso me declaro qual éreis do pai.<br>
Vinde, não me toqueis, permiti-me<br>
1545 encontrar a sacra tumba onde Parte<br>
deste varão é ocultar-se nesta terra.<br>
Por aqui, vinde, por aqui me guiam<br>
o guia Hermes e a Deusa dos ínferos.<br>
Ó luz sem-luz, que antes foste minha,<br>
1550 hoje tocas pela última vez meu corpo,<br>
já vou ocultar o final de minha vida<br>
junto a Hades. Ó caro hóspede, tu,<br>
esta terra e os teus servidores sempre<br>
com bons Numes e na prosperidade<br>
1555 lembrai-vos de mim, morto, felizes.

{XO.}

{STR.} εἰ θέμις ἐστί μοι τὰν ἀφανῆ θεὸν
καὶ σὲ λιταῖς σεβίζειν,
ἐννυχίων ἄναξ, Αἰδωνεῦ
1560 Αἰδωνεῦ, λίσσομαι
ἐπιπόνως μήτ' ἐπὶ βαρυαχεῖ
ξένον ἐξανύσαι
μόρῳ τὰν παγκευθῆ κάτω νεκρῶν πλάκα
καὶ Στύγιον δόμον.
1565 πολλῶν γὰρ ἂν καὶ μάταν
πημάτων ἱκνουμένων
πάλιν σφε δαίμων δίκαιος αὔξοι.

{ANT.} ὦ χθόνιαι θεαὶ σῶμά τ' ἀνικάτου
θηρὸς, ὃν ἐν πύλαισι
1570 παῖσι πολυξένοις εὐνᾶσθαι
κνυζεῖσθαί τ' ἐξ ἄντρων
ἀδάματον φύλακα παρ' Ἀίδᾳ
λόγος αἰὲν ἔχει.
τόν, ὦ Γᾶς παῖ καὶ Ταρτάρου, κατεύχομαι,
1575 ἐν καθαρῷ βῆναι
ὁρμωμένῳ νερτέρας
τῷ ξένῳ νεκρῶν πλάκας·
σέ τοι κικλήσκω τὸν αἰὲν ὕπνον.

## [QUARTO ESTÁSIMO (1556-1578)]

CORO

EST. Se me é lícito venerar com preces
a Deusa invisível e a ti,
senhor dos noturnos Edoneu,
1560 Edoneu, eu te peço
por labor sem grave dor
o hóspede alcance
na morte oculto ínfero chão de mortos
e a casa de Estige.
1565 Por muitas ainda que vãs
dores atingido, outra vez
Nume justo o exalte.

ANT. Ó subtérreas Deusas, ó corpo de invicta
fera, que às portas
1570 de muitos hóspedes se deita
e ladra para fora da gruta,
indômito guarda de Hades,
tal sempre se conta.
Ó filho de Terra e Tártaro, impreco
1575 que vás por via pura
com hóspede a caminho
do ínfero chão dos mortos,
invoco-te sono eterno.

*{ΑΓΓΕΛΟΣ}*

| | |
|---|---|
| | *ἄνδρες πολῖται, ξυντομωτάτως μὲν ἂν* |
| 1580 | *τύχοιμι λέξας Οἰδίπουν ὀλωλότα·* |
| | *ἃ δ᾽ ἦν τὰ πραχθέντ᾽ οὔθ᾽ ὁ μῦθος ἐν βραχεῖ* |
| | *φράσαι πάρεστιν οὔτε τἄργ᾽ ὅσ᾽ ἦν ἐκεῖ.* |

*{ΧΟ.}*

*ὄλωλε γὰρ δύστηνος;*

*{ΑΓ.}*

*ὡς λελοιπότα*
*κεῖνον τὸν αἰεὶ βίοτον ἐξεπίστασο.*

*{ΧΟ.}*

| | |
|---|---|
| 1585 | *πῶς; ἆρα θείᾳ κἀπόνῳ τάλας τύχῃ;* |

*{ΑΓ.}*

| | |
|---|---|
| | *τοῦτ᾽ ἐστὶν ἤδη κἀποθαυμάσαι πρέπον.* |
| | *ὡς μὲν γὰρ ἐνθένδ᾽ εἷρπε, καὶ σύ που παρὼν* |
| | *ἔξοισθ᾽, ὑφηγητῆρος οὐδενὸς φίλων,* |
| | *ἀλλ᾽ αὐτὸς ἡμῖν πᾶσιν ἐξηγούμενος·* |
| 1590 | *ἐπεὶ δ᾽ ἀφῖκτο τὸν καταρράκτην ὀδὸν* |
| | *χαλκοῖς βάθροισι γῆθεν ἐρριζωμένον,* |
| | *ἔστη κελεύθων ἐν πολυσχίστων μιᾷ,* |
| | *κοίλου πέλας κρατῆρος, οὗ τὰ Θησέως* |
| | *Περίθου τε κεῖται πίστ᾽ ἀεὶ ξυνθήματα·* |
| 1595 | *ἀφ᾽ οὗ μέσος στὰς τοῦ τε Θορικίου πέτρου* |
| | *κοίλης τ᾽ ἀχέρδου κἀπὶ λαΐνου τάφου* |

## [ÊXODO (1579-1779)]

MENSAGEIRO

Cidadãos, com máxima concisão
1580 poderia contar que Édipo morreu.
Quais os fatos não se podem dizer
em breve, nem breves se deram lá.

CORO

Morreu o infausto?

MENSAGEIRO

Tende ciência
de que aquele varão deixou a vida.

CORO

1585 Como? Por sorte divina e indolor?

MENSAGEIRO

Isso é deveras digno de admiração.
Ele saiu daqui, tu presente o sabes,
sem ter por guia nenhum dos seus,
mas ele próprio nos guiava a todos.
1590 Junto ao abrupto umbral enraizado
na terra com os brônzeos degraus,
parou em uma das multífidas vias
perto da côncava cratera onde jaz
o perene pacto de Pirítoo e Teseu.
1595 Cercado desta e da rocha de Tórico
e da cava pereira e da pétrea tumba

καθέζετ᾽· εἶτ᾽ ἔλυσε δυσπινεῖς στολάς.
κἄπειτ᾽ ἀύσας παῖδας ἠνώγει ῥυτῶν
ὑδάτων ἐνεγκεῖν λουτρὰ καὶ χοάς ποθεν·
1600 τὼ δ᾽, εὐχλόου Δήμητρος εἰς προσόψιον
πάγον μολοῦσαι τάσδ᾽ ἐπιστολὰς πατρὶ
ταχεῖ ᾽πόρευσαν ξὺν χρόνῳ, λουτροῖς τέ νιν
ἐσθῆτί τ᾽ ἐξήσκησαν ᾗ νομίζεται.
ἐπεὶ δὲ πᾶσαν ἔσχε δρῶντος ἡδονὴν
1605 κοὐκ ἦν ἔτ᾽ οὐδὲν ἀργὸν ὧν ἐφίετο,
κτύπησε μὲν Ζεὺς χθόνιος, αἱ δὲ παρθένοι
ῥίγησαν, ὡς ἤκουσαν· ἐς δὲ γούνατα
πατρὸς πεσοῦσαι ᾽κλαιον οὐδ᾽ ἀνίεσαν
στέρνων ἀραγμοὺς οὐδὲ παμμήκεις γόους.
1610 ὁ δ᾽ ὡς ἀκούει φθόγγον ἐξαίφνης πικρόν,
πτύξας ἐπ᾽ αὐταῖς χεῖρας εἶπεν. "ὦ τέκνα,
οὐκ ἔστ᾽ ἔθ᾽ ὑμῖν τῇδ᾽ ἐν ἡμέρᾳ πατήρ.
ὄλωλε γὰρ δὴ πάντα τἀμά, κοὐκέτι
τὴν δυσπόνητον ἕξετ᾽ ἀμφ᾽ ἐμοὶ τροφήν·
1615 σκληρὰν μέν, οἶδα, παῖδες· ἀλλ᾽ ἓν γὰρ μόνον
τὰ πάντα λύει ταῦτ᾽ ἔπος μοχθήματα.
τὸ γὰρ φιλεῖν οὐκ ἔστιν ἐξ ὅτου πλέον
ἢ τοῦδε τἀνδρὸς ἔσχεθ᾽, οὗ τητώμεναι
τὸ λοιπὸν ἤδη τοῦ βίου διάξετον."
1620 τοιαῦτ᾽ ἐπ᾽ ἀλλήλοισιν ἀμφικείμενοι
λύγδην ἔκλαιον πάντες. ὡς δὲ πρὸς τέλος
γόων ἀφίκοντ᾽ οὐδ᾽ ἔτ᾽ ὠρώρει βοή,
ἦν μὲν σιωπή, φθέγμα δ᾽ ἐξαίφνης τινὸς
θώυξεν αὐτόν, ὥστε πάντας ὀρθίας
1625 στῆσαι φόβῳ δείσαντας εὐθέως τρίχας·
καλεῖ γὰρ αὐτὸν πολλὰ πολλαχῇ θεός·
"ὦ οὗτος οὗτος, Οἰδίπους, τί μέλλομεν
χωρεῖν; πάλαι δὴ τἀπὸ σοῦ βραδύνεται."
ὁ δ᾽ ὡς ἐπῄσθετ᾽ ἐκ θεοῦ καλούμενος,

sentou-se e livrou-se do traje sujo.
Chamou então as filhas e mandou
trazer água fluente lustral e sacra.
1600 Foram ambas à verdejante colina
vistosa de Deméter, aviaram rápido
as ordens paternas e administraram
como sói as lustrações e as vestes.
Quando teve todo o rito satisfeito
1605 e nenhuma ordem ainda por fazer,
Zeus subtérreo estrondou, as virgens
ao ouvir estremeceram e aos joelhos
do pai caídas choravam sem cessar
os golpes no peito e longos gemidos.
1610 Ele, ao ouvir esse súbito som agudo,
abraçou-as e disse "ó minhas filhas
doravante não mais vive vosso pai.
Está morto tudo o que fui, não mais
tereis as fadigas dos meus cuidados
1615 tão severas, eu sei, filhas, mas uma
só palavra dissipa todas essas dores.
O vínculo de ninguém mais é maior
do que tiveste deste varão sem quem
doravante vivereis o restante da vida."
1620 Assim abraçados um ao outro todos
soluçando pranteavam. Ao findarem
os gemidos, não se ouviu mais grito,
havia silêncio, mas uma súbita voz
chamou por ele de modo a pôr todos
1625 de cabelos hirtos de abrupto pavor,
pois outra e outra vez o chama Deus
"Ó tu, ó tu, Édipo, por que tardamos
partir? É longa demais tua demora."
Ele, percebendo o chamado de Deus,

1630 αὐδᾷ μολεῖν οἱ γῆς ἄνακτα Θησέα.
κἀπεὶ προσῆλθεν, εἶπεν· "ὦ φίλον κάρα,
δός μοι χερὸς σῆς πίστιν ἀρχαίαν τέκνοις,
ὑμεῖς τε, παῖδες, τῷδε· καὶ καταίνεσον
μήποτε προδώσειν τάσδ' ἑκών, τελεῖν δ' ὅσ' ἂν
1635 μέλλῃς φρονῶν εὖ ξυμφέροντ' αὐταῖς ἀεί."
ὁ δ', ὡς ἀνὴρ γενναῖος, οὐκ οἴκτου μέτα
κατῄνεσεν τάδ' ὅρκιος δράσειν ξένῳ.
ὅπως δὲ ταῦτ' ἔδρασεν, εὐθὺς Οἰδίπους
ψαύσας ἀμαυραῖς χερσὶν ὧν παίδων λέγει,
1640 "ὦ παῖδε, τλάσας χρὴ †τὸ γενναῖον φέρειν†
χωρεῖν τόπων ἐκ τῶνδε, μηδ' ἃ μὴ θέμις
λεύσσειν δικαιοῦν, μηδὲ φωνούντων κλύειν.
ἀλλ' ἕρπεθ' ὡς τάχιστα· πλὴν ὁ κύριος
Θησεὺς παρέστω μανθάνειν τὰ δρώμενα."
1645 τοσαῦτα φωνήσαντος εἰσηκούσαμεν
ξύμπαντες· ἀστακτεὶ δὲ σὺν ταῖς παρθένοις
στένοντες ὡμαρτοῦμεν. ὡς δ' ἀπήλθομεν,
χρόνῳ βραχεῖ στραφέντες, ἐξαπείδομεν
τὸν ἄνδρα τὸν μὲν οὐδαμοῦ παρόντ' ἔτι,
1650 ἄνακτα δ' αὐτὸν ὀμμάτων ἐπίσκιον
χεῖρ' ἀντέχοντα κρατός, ὡς δεινοῦ τινος
φόβου φανέντος οὐδ' ἀνασχετοῦ βλέπειν.
ἔπειτα μέντοι βαιὸν οὐδὲ σὺν λόγῳ
ὁρῶμεν αὐτὸν γῆν τε προσκυνοῦνθ' ἅμα
1655 καὶ τὸν θεῶν Ὄλυμπον ἐν ταὐτῷ χρόνῳ.
μόρῳ δ' ὁποίῳ κεῖνος ὤλετ' οὐδ' ἂν εἷς
θνητῶν φράσειε πλὴν τὸ Θησέως κάρα.
οὐ γάρ τις αὐτὸν οὔτε πυρφόρος θεοῦ
κεραυνὸς ἐξέπραξεν οὔτε ποντία
1660 θύελλα κινηθεῖσα τῷ τότ' ἐν χρόνῳ,
ἀλλ' ἤ τις ἐκ θεῶν πομπός, ἢ τὸ νερτέρων
εὔνουν διαστὰν γῆς ἀλάμπετον βάθρον.

1630 mandou vir-lhe o rei da terra Teseu.
Quando veio, disse-lhe "Meu caro,
dês a prisca fiança da mão às filhas,
e vós, filhas, a este, e me prometas
não as trair anuente nunca, porém
1635 fazer quanto lhes for útil cada vez."
E ele, qual nobre varão, sem queixa,
prometeu ao hóspede e jurou fazê-lo.
Tão logo o fez, Édipo com as mãos
cegas tocou suas filhas e lhes disse
1640 "Filhas, deveis aturar com nobreza
partir deste lugar e não pretendais
ver nem escutar o que não é lícito.
Ide vós quanto antes. O rei porém
Teseu presente testemunhe os atos."
1645 Tendo assim instruído obedecemos
todos e acompanhamos as moças
em profuso pranto. Ao partirmos,
pouco depois volvidos avistamos
que ele não estava mais presente
1650 e o rei cobria com a mão no rosto
os olhos como se tivesse surgido
algo terrível insuportável de ver.
Logo depois porém sem palavras
vimo-lo saudar a Terra e ao mesmo
1655 tempo saudar o Olimpo dos Deuses.
De que morte morreu aquele varão
nenhum mortal senão Teseu falaria.
Não o matou o ignífero raio de Deus,
1660 nem marinha procela erguida então,
mas núncio dos Deuses ou soaberto
benevolente fundo sem-luz da terra.
O varão se foi sem pranto nem dor

*ἀνὴρ γὰρ οὐ στενακτὸς οὐδὲ σὺν νόσοις*
*ἀλγεινὸς ἐξεπέμπετ᾽, ἀλλ᾽ εἴ τις βροτῶν*
1665 *θαυμαστός. Εἰ δὲ μὴ δοκῶ φρονῶν λέγειν,*
*οὐκ ἂν παρείμην οἷσι μὴ δοκῶ φρονεῖν.*

*{ΧΟ.}*

*ποῦ δ᾽ αἵ τε παῖδες χοἰ προπέμψαντες φίλων;*

*{ΑΓ.}*

*αἵδ᾽ οὐχ ἑκάς· γόων γὰρ οὐκ ἀσήμονες*
1669 *φθόγγοι σφε σημαίνουσι δεῦρ᾽ ὁρμωμένας.*

mórbida, mas se algum dos mortais
1665 admirável. E se não creem que falo
sensato, eu não pediria fé a incréus.

CORO

Onde estão as filhas e séquito nosso?

MENSAGEIRO

Não longe, os claros sons de pranto
1669 indicam que estão a caminho daqui.

{AN.}

{STR. 1.} *αἰαῖ, φεῦ· ἔστιν, ἔστι νῷν δὴ*
*οὐ τὸ μέν, ἄλλο δὲ μή, πατρὸς ἔμφυτον*
*ἄλαστον αἷμα δυσμόροιν στενάζειν,*
*ᾧτινι τὸν πολὺν*
*ἄλλοτε μὲν πόνον ἔμπεδον εἴχομεν,*
1675 *ἐν πυμάτῳ δ᾽ ἀλόγιστα παροίσομεν*
*ἰδόντε καὶ παθούσα.*

{XO.}

*τί δ᾽ ἔστιν;*

{AN.}

*ἔστιν μὲν εἰκάσαι, φίλοι.*

{XO.}

*βέβηκεν;*

{AN.}

*ὡς μάλιστ᾽ ἂν ἐν πόθῳ λάβοις.*
*τί γάρ; ὅτῳ μήτ᾽ Ἄρης*
1680 *μήτε πόντος ἀντέκυρσεν,*
*ἄσκοποι δὲ πλάκες ἔμαρψαν*
*ἐν ἀφανεῖ τινι μόρῳ φερόμενον.*
*τάλαινα, νῷν δ᾽ ὀλεθρία*
*νὺξ ἐπ᾽ ὄμμασιν βέβακε·*
1685 *πῶς γὰρ ἤ τιν᾽ ἀπίαν*
*γᾶν ἢ πόντιον*

## [*KOMMÓS* (**1670-1750**)]

ANTÍGONA

EST. 1 *Aiaî, pheû!* Não ora sim ora não
mas sempre ambas infaustas podemos
prantear inato nefasto sangue paterno,
por quem outrora
tivemos muitas fadigas contínuas
1675 e afinal teremos o mais incontável,
por ambas visto e sofrido.

CORO

O quê?

ANTÍGONA

É presumível, amigos.

CORO

Ele se foi?

ANTÍGONA

Qual mais quiseras.
Por quê? Porque nem Ares
1680 nem o mar não o arrebatou,
o insondável chão o tomou
levado por invisível morte.
Oh, infausta! Funesta noite
sobreveio aos nossos olhos.
1685 Como perambulando
ou por terra distante

κλύδων᾽ ἀλώμεναι βίου
δύσοιστον ἕξομεν τροφάν;

{ΙΣ.}

οὐ κάτοιδα. κατά με φόνιος
1690 Ἀίδας ἕλοι πατρὶ
ξυνθανεῖν γεραιῷ
τάλαιναν, ὡς ἔμοιγ᾽ ὁ μέλ-
λων βίος οὐ βιωτός.

{ΧΟ.}

ὦ διδύμα τέκνων ἀρί-
στα, τὸ θεοῦ καλῶς φέρειν,
1695 μηδ᾽ ἔτι ἄγαν φλέγεσθον. οὔτοι κατάμεμπτ᾽ ἔβητον.

{ΑΝ.}

{ΑΝΤ. 1.} πόθος <τοι> καὶ κακῶν ἄρ᾽ ἦν τις.
καὶ γὰρ ὃ μηδαμὰ δὴ φίλον ἦν φίλον,
ὁπότε γε καὶ τὸν ἐν χεροῖν κατεῖχον.
1700 ὦ πάτερ, ὦ φίλος,
ὦ τὸν ἀεὶ κατὰ γᾶς σκότον εἱμένος·
οὐδ᾽ ἐκεῖ ὢν ἀφίλητος ἐμοί ποτε
καὶ τᾷδε μὴ κυρήσῃς.

{ΧΟ.}

ἔπραξεν –

{ΑΝ.}

ἔπραξεν οἷον ἤθελεν.

ou por onda marinha
teremos árduo pasto?

ISMENE

Não sei. Letal Hades
1690 leve-me a morrer
com o velho pai,
mísera que a vida
por vir não é vida.

CORO

Ó exímio par de filhas,
aturai bem o que vem de Deus,
1695 não ardais demais ainda,
vossa via é irrepreensível.

ANTÍGONA

ANT.1 Até dos males havia o desejo.
Até mesmo o nada grato era grato
quando ainda o tinha nos braços.
1700 Ó pai, ó meu caro,
envolto em eterna treva subtérrea,
nem estando lá, nunca serás
sem o amor meu e desta.

CORO

Fez-se.

ANTÍGONA

Fez-se como bem queria.

*{ΧΟ.}*

*1705* τὸ ποῖον;

*{ΑΝ.}*

ἃς ἔχρῃζε γᾶς ἐπὶ ξένας
ἔθανε· κοίταν δ᾽ ἔχει
νέρθεν εὐσκίαστον αἰέν,
οὐδὲ πένθος ἔλιπ᾽ ἄκλαυτον.
ἀνὰ γὰρ ὄμμα σε τόδ᾽, ὦ πάτερ, ἐμὸν
*1710* στένει δακρῦον, οὐδ᾽ ἔχω
πῶς με χρὴ τὸ σὸν τάλαιναν
ἀφανίσαι τόσον ἄχος.
ὤμοι, γᾶς ἐπὶ
ξένας θανεῖν ἔχρῃζες, ἀλλ᾽
ἐρῆμος ἔθανες ὧδέ μοι.

*{ΙΣ.}*

*1715* ὦ τάλαινα, τίς ἄρα με πότμος
ἐπιμένει σέ τ᾽, ὦ φίλα,
πατρὸς ὧδ᾽ ἐρήμας;
< x – U – x – U –
– UU– U – – >

*{ΧΟ.}*

*1720* ἀλλ᾽ ἐπεὶ ὀλβίως ἔλυ-
σεν τέλος, ὦ φίλαι, βίου,
λήγετε τοῦδ᾽ ἄχους· κακῶν
γὰρ δυσάλωτος οὐδείς.

*{ΑΝ.}*

*{STR. 2.}* πάλιν, φίλα, συθῶμεν.

CORO

1705 Como?

ANTÍGONA

Em querida terra hóspeda
morreu e o seu leito ínfero
tem sempre boa sombra,
não deixou luto sem pranto.
Estes meus olhos, ó pai,
1710 pranteiam por ti, não sei
como devo dissipar mísera
tanta dor que dói por ti.
*Ómoi*, em hóspeda terra
querias morrer, morreste
mas tão ermo de mim!

ISMENE

1715 Ó mísera, que sorte a ti
e a mim nos aguarda, ó
amiga, tão ermas do pai?
.................................
.................................

CORO

1720 Mas já que bem resolveu
o término da vida, amigas,
cessai essa aflição, que
ninguém é imune a males.

ANTÍGONA

EST.2 Volvamos, amiga.

{ΙΣ.}

ὡς τί ῥέξομεν;

{ΑΝ.}

1725 ἵμερος ἔχει μέ τις –

{ΙΣ.}

<τίς οὖν;>

{ΑΝ.}

τὰν χθόνιον ἑστίαν ἰδεῖν

{ΙΣ.}

τίνος;

{ΑΝ.}

πατρός, τάλαιν᾽ ἐγώ.

{ΙΣ.}

θέμις δὲ πῶς τάδ᾽ ἐστὶ νῷν;

1730 οὐχ ὁρᾷς;

{ΑΝ.}

τί τόδ᾽ ἐπέπληξας;

{ΙΣ.}

καὶ τόδ᾽, ὡς –

{ΑΝ.}

τί τόδε μάλ᾽ αὖθις;

ISMENE

Para fazer o quê?

ANTÍGONA

1725 Um anseio me possui...

ISMENE

Qual?

ANTÍGONA

Visitar o subtérreo lar...

ISMENE

De quem?

ANTÍGONA

Do pai, mísera de mim.

ISMENE

Como isso nos é lícito?

1730 Não vês?

ANTÍGONA

Por que essa repreensão?

ISMENE

E esta ainda...

ANTÍGONA

Qual outra ainda?

{ΙΣ.}

ἄταφος ἔπιτνε δίχα τε παντός.

{ΑΝ.}

ἄγε με, καὶ τότ᾽ ἐπενάριξον.

{ΙΣ.}

– –

{ΑΝ.}

– – U – – U

{ΙΣ.}

αἰαῖ, δυστάλαινα,<br>
1735 πῇ δῆτ᾽ αὖθις ὧδ᾽ ἐρῆμος ἄπορος<br>
αἰῶνα τλάμον᾽ ἕξω;

{ΧΟ.}

{ΑΝΤ. 2.} φίλαι, τρέσητε μηδέν.

{ΑΝ.}

ἀλλὰ ποῖ φύγω;

{ΧΟ.}

καὶ πάρος ἀπεφύγετον –

{ΑΝ.}

<τὸ τί;>

{ΧΟ.}

1740 <τὰ> σφῷν τὸ μὴ πίτνειν κακῶς.

ISMENE

Tombou insepulto longe de todos.

ANTÍGONA

Conduz-me lá e mata-me também.

ISMENE

......

ANTÍGONA

.............

ISMENE

*Aiaî*, misérrima de mim,
1735 onde tão erma e inviável
terei sofrível a vida?

CORO

Amigas, não temais.

ANTÍGONA

ANT.2 Onde fugir?

CORO

Já escapastes antes.

ANTÍGONA

Como assim?

CORO

1740 De cairdes ambas em má situação.

{ΑΝ.}

φρονῶ –

{ΧΟ.}

τί δῆθ' ὅπερ νοεῖς;

{ΑΝ.}

ὅπως μολούμεθ' ἐς δόμους
οὐκ ἔχω.

{ΧΟ.}

μηδέ γε μάτευε.

{ΑΝ.}

μόγος ἔχει.

{ΧΟ.}

καὶ πάρος ἐπεῖ <χε>.

{ΑΝ.}

1745 τοτὲ μὲν ἄπορα, τοτὲ δ' ὕπερθεν.

{ΧΟ.}

μέγ' ἄρα πέλαγος ἐλάχετόν τι.

{ΑΝ.}

ναὶ ναί.

{ΧΟ.}

ξύμφημι καὐτός.

ANTÍGONA
Estou ciente.

CORO
O que vos inquieta?

ANTÍGONA
Como voltaremos para nossa casa
não sei.

CORO
Não procures por essa via.

ANTÍGONA
A fadiga me toma.

CORO
Antes já tomava.

ANTÍGONA
1745 Ora é impossível, ora é ainda pior.

CORO
Recebestes ambas um mar de males.

ANTÍGONA
Sim, deveras.

CORO
Eu também concordo.

{ΑΝ.}

φεῦ, φεῦ· ποῖ μόλωμεν,
ὦ Ζεῦ; ἐλπίδων γὰρ ἐς τί <ν’ ἔτι> με
1750 δαίμων τανῦν γ’ ἐλαύνει;

{ΘΗ.}

παύετε θρῆνον, παῖδες· ἐν οἷς γὰρ
χάρις ἡ χθονία νὺξ ἀπόκειται,
πενθεῖν οὐ χρή· νέμεσις γάρ.

{ΑΝ.}

ὦ τέκνον Αἰγέως, προσπίτνομέν σοι.

{ΘΗ.}

1755 τίνος, ὦ παῖδες, χρείας ἀνύσαι;

{ΑΝ.}

τύμβον θέλομεν
προσιδεῖν αὐταὶ πατρὸς ἡμετέρου.

{ΘΗ.}

ἀλλ’ οὐ θεμιτὸν κεῖσ’ <ἐστὶ> μολεῖν.

{ΑΝ.}

πῶς εἶπας, ἄναξ, κοίραν’ Ἀθηνῶν;

{ΘΗ.}

1760 ὦ παῖδες, ἀπεῖπεν ἐμοὶ κεῖνος
μήτε πελάζειν ἐς τούσδε τόπους
μήτ’ ἐπιφωνεῖν μηδένα θνητῶν
θήκην ἱεράν, ἣν κεῖνος ἔχει.
καὶ ταῦτά μ’ ἔφη πράσσοντα κακῶν

ANTÍGONA

*Pheû, pheû!* Aonde iremos,
ó Zeus? A que esperança ainda
1750 o Nume agora nos impele?

TESEU

Cessai o pranto, filhas! Onde
graça se faz a subtérrea Noite
não cabe luto, pois traz revide.

ANTÍGONA

Filho de Egeu, te suplicamos.

TESEU

1755 O que, filhas, desejais obter?

ANTÍGONA

Queremos nós mesmas
visitar a tumba de nosso pai.

TESEU

Mas não é lícito ir até lá.

ANTÍGONA

Que dizes, senhor de Atenas?

TESEU

1760 Filhas, declarou-me ele mesmo
que nenhum mortal se aproxime
desse lugar nem dirija a palavra
à sagrada sepultura que ele tem.
Disse-me ele que assim fazendo

1765 χώραν ἕξειν αἰὲν ἄλυπον.
*ταῦτ᾽ οὖν ἔκλυεν δαίμων ἡμῶν*
*χὠ πάντ᾽ ἀίων Διὸς Ὅρκος.*

*{ΑΝ.}*

*ἀλλ᾽ εἰ τάδ᾽ ἔχει κατὰ νοῦν κείνῳ,*
*ταῦτ᾽ ἂν ἀπαρκοῖ· Θήβας δ᾽ ἡμᾶς*
1770 *τὰς ὠγυγίους πέμψον, ἐάν πως*
*διακωλύσωμεν ἰόντα φόνον*
*τοῖσιν ὁμαίμοις.*

*{ΘΗ.}*

*δράσω καὶ τάδε καὶ πάνθ᾽ ὁπόσ᾽ ἂν*
*μέλλω πράσσειν πρόσφορά θ᾽ ὑμῖν*
1775 *καὶ τῷ κατὰ γῆς, ὃς νέον ἔρρει,*
*πρὸς χάριν· οὐ δεῖ μ᾽ ἀποκάμνειν.*

*{ΧΟ.}*

*ἀλλ᾽ ἀποπαύετε μηδ᾽ ἐπὶ πλείω*
*θρῆνον ἐγείρετε·*
*πάντως γὰρ ἔχει τάδε κῦρος.*

1765 a região será sempre sem males.
Ouviram essa fala o nosso Nume
e escuta-tudo Juramento de Zeus.

ANTÍGONA

Mas se esta é a intenção dele,
isso seria o bastante. Envia-nos
1770 à prístina Tebas, se porventura
impedirmos a iminente
matança de consanguíneos.

TESEU

Assim farei e tudo quanto
vos for proveitoso farei
1775 e ao recém-ido sob a terra
por graça; não o cessarei.

CORO

Basta, não desperteis
mais o luto, pois isto
está de todo completo.

# Glossário Mitológico de *Édipo em Colono*<br>Antropônimos, Teônimos e Topônimos

*Beatriz de Paoli*
*Jaa Torrano*

A

**Adrasto** – rei de Argos e líder da expedição argiva contra Tebas. 1302.

**Afrodite** – Deusa da beleza, da sedução amorosa e do amor. 693.

**Anfiarau** – adivinho, filho de Ecles; derrotados os argivos em sua expedição contra Tebas, Anfiarau fugiu em seu carro e, quando estava prestes a ser morto pelas costas por seu perseguidor, Zeus, não permitindo que assim sucumbisse, com um golpe de seu raio entreabriu a terra sob os passos do herói, que o engoliu com seu carro e seus cavalos. 1313.

**Antígona** (*Antigóne* "em vez de geração") – filha de Édipo e Jocasta, irmã de Ismene, Etéocles e Polinices. 1, 311, 507, 1415,

**Ápia** – denominação do Peloponeso, do rei mítico Ápis, que limpou a península de monstros homicidas. 1303.

**Apolo** – filho de Zeus e Leto, Deus com os atributos da adivinhação, do arco, da música, da peste e da purificação. 102, 1091.

**Árcade** – relativo ou habitante de Arcádia, região do Peloponeso. 1320.

**Areópago** ("colina de Ares") – nome do tribunal situado na colina a leste da Acrópole, no qual Orestes foi julgado pelo matricídio. 948.

**Ares** – filho de Zeus e Hera, Deus belicoso, que se manifesta na carnificina. 1046, 1065, 1391, 1679.

**Argos** – cidade da região da Argólida, pátria de Agamêmnon. 378, 1167, 1301, 1316, 1325, 1387, 1401, 1416.

**Ásio** – da Ásia, continente. 695.

**Atalanta** – grande caçadora da Arcádia, mãe de Partenopeu. 1321.

**Atena** – Deusa da estratégia e do saber prático, epônimo de Atenas. 706, 1071, 1090.

**Atenas** – cidade da região da Ática, protegida da Deusa Atena; no século V a.C., tornou-se um importante centro político e cultural. 24, 58, 108, 260, 283, 1004, 1759.

B

**Baco** – epíteto e outro nome de Dioniso Deus do vinho, patrono do teatro, concede poder divinatório, inspira a seus devotos loucura beatífica e, a seus perseguidores, destrutiva; homem celebrante do culto de Baco; possesso do Deus Baco. 678.

**Benévolas** (*Eumenídas*) – antífrase referente às Erínies. 486.

C

**Cadmeu, cadmeia** – descendente de Cadmo, fundador e primeiro rei de Tebas; designação dos tebanos. 399, 409, 736, 741.

**Capaneu** – príncipe argivo, um dos sete chefes da expedição contra Tebas; quando escalava a muralha de Tebas disposto a incendiar a cidade, um raio de Zeus o atinge e o mata. 1318.

**Cefiso** – rio da Ática. 688.

**Coerção** (*anánke*) – 655.

**Colono** – nome do herói epônimo e distrito ático sobre colina ao norte de Atenas, onde se cultuava Posídon equestre. 59, 670, 841, 889.

**Creonte** – rei de Corinto (o nome significa "rei"). 368, 396, 455, 723, 894.

**Crono** – o mais novo dos Titãs filhos do Céu e da Terra e pai de Zeus. 712.

D

**Delfos** – cidade situada aos pés do monte Parnaso, na Fócida, sede do mais ilustre oráculo de Apolo, considerada "o umbigo da Terra", isto é, o ponto equidistante dos extremos confins. 413.

**Deméter** – Deusa do trigo, dos cereais e da agricultura, irmã e esposa de Zeus, mãe de Perséfone. 1601.

**Dioniso** – o mesmo que Baco Deus do vinho, patrono do teatro, concede poder divinatório, inspira a seus devotos loucura beatífica e, a seus perseguidores, destrutiva. 678.

**Dó** (*Aidós*) – temor respeitoso, deferência. 1268.

**Dórida** – região da Grécia, entre Mélida e Fócida. 1301.

**Dório** – um dos povos formadores da Grécia antiga, instalado no Peloponeso. 696.

E

**Ea** – nome de uma pastagem de localização incerta nas cercanias de Colono. 1061.

**Édipo** – filho do rei de Tebas, Laio, e de Jocasta. Laio recebera um oráculo de Apolo proibindo-o de ter filhos, mas Laio desobedeceu. Para evitar o mal, Laio expôs a criança, que foi salva por um pastor e entregue a Pólibo, rei de Corinto, e sua esposa Mérope, que não tinham filhos e o adotaram. Já adulto e desconfiado de sua ascendência, Édipo consulta o oráculo de Apolo em Delfos e recebe do Deus a resposta que mataria seu pai e desposaria sua mãe; e decide não retornar a Corinto. Numa encruzilhada próxima a Delfos, encontra um estrangeiro acompanhado de alguns servos e, numa discussão, acaba por matá-lo, sem saber que se tratava de Laio, seu verdadeiro pai. Ao chegar a Tebas, Édipo desvenda o enigma da Esfinge e, como prêmio, recebe o trono de Tebas e a rainha viúva, Jocasta, sua verdadeira mãe. Com ela, tem quatro filhos Etéocles, Polinices, Antígona e Ismena. Ao descobrir a verdade sobre sua origem, Édipo fura seus próprios olhos. 3, 14, 110, 222, 254, 461, 557, 622, 640, 740, 756, 1038, 1342, 1396, 1580, 1627, 1638.

**Edoneu** – nome poético de Hades, Deus dos ínferos e dos mortos. 1559, 1560.

**Egeu** – rei de Atenas, filho de Pandíon e pai de Teseu. 69, 549, 607, 940, 1154, 1518, 1538, 1754.

**Eneu** – rei de Cálidon, pai de Tideu e avô de Diomedes. 1315.

**Erínis, pl. Erínies** – Deusas, filhas da Noite, ou nascidas do sangue de Céu (Urano) caído sobre a Terra, ao ser castrado por Crono, punidoras de transgressões. 1299, 1434.

**Erronia** (Áte) – cegueira do espírito e suas consequências desastrosas. 532, 967, 1243.

**Estige** – Deusa Oceânide que foi a primeira a atender a conclamação de Zeus por aliança contra os Titãs, recebeu o prêmio de ser o "grande juramento dos Deuses", suas águas se precipitam na Noite imortal e até os Deuses temem espargi-las ritualmente para apoiar perjúrios. 1564.

**Etéocles** – filho de Édipo e Jocasta, irmão inimigo de Polinices; o nome *Eteoklês* significa "glória verdadeira". 1295.

**Etéoclo** – um dos sete chefes da expedição argiva contra Tebas liderada por Adrasto. 1316.

**Etólio** – da Etólia, região da Grécia continental, a oeste de Delfos e ao sudeste de Epiro. 1315.

**Eumênides** ("Benévolas") – antífrase referente às Erínies. 42.

**Eumólpidas** – descendente de Eumolpo, rei da Trácia, fundador dos mistérios de Elêusis, aliado dos eleusinos na guerra contra os atenienses, na qual morreu. 1053.

F

**Febo** (*Phoîbos*, "luminoso") – epíteto de Apolo. 86, 414, 454, 623, 665, 793.

**Fulgor** (*Aithér*) – a luminosidade diurna e noturna do céu; morada dos Deuses (nesse sentido é equivalente a Céu e a Olimpo). 1456, 1471.

G

**Grécia** – Hélade, país dos gregos ou helenos. 597, 734.

H

**Hades** – Deus dos ínferos e dos mortos, irmão de Zeus. 1221, 1440, 1461, 1552, 1572, 1689.

**Hermes** – Deus filho de Zeus e de Maia, arauto dos imortais. 1548.

**Hipomedonte** – um dos sete chefes da expedição argiva contra Tebas liderada por Adrasto. 1317.

I

**Ismena** – filha de Édipo e Jocasta, irmã de Antígona. 321, 357.

**Invídia** (*Phthónos*) - depreciação ruinosa dos Deuses aos homens por ostentarem orgulho e prosperidade excessivos. 1235.

J

**Juramento** (*Hórkos*) - Deus filho da Noite, protetor dos juramentos, persegue os perjuros. 1767.

**Justiça** (*Díke*) - Deusa filha de Zeus e Têmis, uma das três Horas ("Estações do Ano"). 546, 759, 825, 913, 957, 971, 1138, 1306, 1382.

L

**Labdácidas** - descendentes de Lábdaco, filho de Polidoro, neto de Cadmo, pai de Laio e avô de Édipo. 221.

**Laio** - filho de Lábdaco, neto de Polidoro, bisneto de Cadmo, marido de Jocasta e pai de Édipo. 220, 553, 1507.

M

**Musa(s)** - Deusa(s) do canto e da dança, filha(s) de Zeus e Memória; por extensão, melodia, canto. 692.

N

**Nereida(s)** - Deusa(s) marinha(s), filha(s) de Nereu e Dádiva. 719.

**Noite** (*Nýx*) - Deusa filha de Caos, mãe de Sono, Morte e outras potestades destrutivas. 1683, 1752.

O

**Olimpo** - montanha entre Tessália e Macedônia; morada dos Deuses (nesse sentido é equivalente a *Ouranós*, "Céu", e a *Aithér*, "Fulgor"). 1655.

**Olíveo** (*mórios*) - epíteto de Zeus como protetor das oliveiras sagradas. 705.

P

**Palas** - epíteto de Atena. 107, 1090.

**Parte(s)** (*Moîra, Moîrai*) - três Deusas, filhas de Zeus e Têmis, dão aos homens a participação em bens e em males; Hesíodo as denominou "Fiandeira" (*Klothó*), "Distributriz" (*Lákhesis*) e "Inflexível" (Átropos). 1221, 1450, 1545.

**Partenopeu** – filho da caçadora Atalanta e um dos sete chefes da expedição argiva contra Tebas liderada por Adrasto. 1320.

**Pélops** – filho de Tântalo, mudou-se da Ásia Menor para a Lacônia e deu nome ao Peloponeso, pai de Atreu e Tiestes. 696.

**Pirítoo** – herói da Tessália, companheiro de Teseu. 1594.

**Pítico** – relativo a Pito, nome antigo de Delfos. 1047.

**Polinices** – filho de Édipo e Jocasta, irmão inimigo de Etéocles; o nome *Polyneíkes* significa "litigioso". 375, 1253, 1397.

**Posídon** – filho de Crono e Reia, irmão de Zeus, Deus que se manifesta no mar, nas fontes, nos sismos e na equitação. 55, 713, 1158, 1495.

**Prometeu** – Deus filho do Titã Jápeto e da Oceânide Clímene, primo de Zeus e irmão de Epimeteu, tentou enganar Zeus na partilha de bens entre os mortais e os Deuses. Era cultuado por artesãos e oleiros no Cerâmico, praça pública e subúrbio de Atenas. 56.

R

**Reia** – Deusa filha de Céu e Terra, irmã e esposa de Crono, mãe dos Deuses Zeus, Posídon, Hades, Héstia, Deméter e Hera. 1073.

**Ripas** – montanhas míticas nos extremos confins setentrionais.1249.

**Rixa** (Éris) – Deusa filha da Noite. 1234.

S

**Sol** (*Hélios*) – Deus filho do Titã Hipérion e da Titânide Teia. 868.

**Sorte** (*Týkhe*, "golpe") – Nume interveniente no curso da vida humana. 229, 1026, 1404, 1585.

T

**Tálao** – rei de Argos, pai de Adrasto, foi um dos argonautas. 1318.

**Tártaro** – região abissal dos ínferos, onde estão presos os inimigos vencidos de Zeus. 1390, 1574.

**Tebano** – relativo à cidade de Tebas; habitante de Tebas. 406, 456.

**Tebas** – cidade principal da Beócia. 415, 616, 791, 919, 1306, 1312, 1319, 1325, 1355, 1372, 1770.

**Tempo** (*Khrónos*) – 609, 617, 1454.

**Terra** (*Gaîa*) – Deusa mãe de todos os Deuses. 40, 1574, 1654.

**Teseu** – herói rei de Atenas, filho de Egeu e Etra. 69, 550, 569, 595, 1003, 1055, 1103, 1349, 1458, 1594, 1630, 1644, 1657.

**Tesidas** – neste caso, os habitantes de Atenas que seguem Teseu, distinguidos dos de Colono. 1066.

**Tessálio** – da Tessália, região da Grécia setentrional. 314.

**Tideu** – herói etólio, filho do rei Eneu, pai de Diomedes, foi um dos sete chefes da expedição argiva contra Tebas liderada por Adrasto, de quem era genro. 1315.

**Titã** – designação comum dos Deuses nascidos do Céu e da Terra, adversários de Zeus no combate pela soberania dito Titanomaquia. 56.

**Tórico** – cidade e distrito da Ática, onde Aurora por amor levou Céfalo para os Deuses. 1595.

V

**Velhice** (*Gêras*) – Deusa filha da Noite. 703, 954, 1235.

**Vitória** (*Níke*) – Deusa filha da Oceânide Estige. Junto com seus irmãos Poder, Violência e Zelo, acompanha sempre Zeus por toda parte. Às vezes identificada com Atena, tem um templo na acrópole de Atenas. 1332.

Z

**Zeus** – Deus supremo, filho de Crono e Reia, manifesto no poder que organiza o mundo físico e a sociedade humana. 95, 143, 221, 310, 533, 623, 623, 642, 705, 793, 882, 882, 1079, 1082, 1267, 1382, 1435, 1456, 1460, 1463, 1471, 1485, 1502, 1749, 1767.

**Zeus subtérreo** – antífrase referente a Hades, o Deus dos ínferos e dos mortos, irmão de Zeus. 1606.

# Referências Bibliográficas

Bailly, A. *Dictionnaire Grec Français*. Paris, Hachette, 2000.

Bernand, André. *La carte du tragique. La géographie dans la tragédie grecque*. Paris, cnrs, 1985.

Chantraine, Pierre. *Dictionnaire Étymologique de la Langue Grecque. Histoire des mots*. Paris, Klincksieck, 1999.

Grimal, Pierre. *Dicionário da Mitologia Grega e Romana*. Trad. Victor Jabouille. 5ª ed. Rio de Janeiro, Bertrand Brasil, 2005.

Hesíodo. *Teogonia. A Origem dos Deuses*. Estudo e tradução Jaa Torrano. 6. ed. São Paulo, Iluminuras, 2006.

Jebb, R. C. *Sophocles Plays. Oedipus Coloneus*. Ed. P. E. Easterling. Introduction Rush Rehm. London, Bristol Classical Press, 2004.

Sophocles. *Sophoclis Fabulae*. Ed. H. Lloyd-Jones and N. G. Wilson. Oxford, Oxford University Press, 1992 [1990].

Vários Autores. *Dicionário Grego-Português*. Cotia, sp/Araçoiaba da Serra, sp, Ateliê Editorial/Editora Mnēma, 2022.

| | |
|---|---|
| *Título* | *Tragédias Completas – Édipo em Colono* |
| *Autor* | Sófocles |
| *Estudos* | Beatriz de Paoli |
| | Jaa Torrano |
| *Tradução* | Jaa Torrano |
| *Editor* | Plinio Martins Filho |
| *Produção Editorial* | Carlos Gustavo Araújo do Carmo |
| *Revisão* | José de Paula Ramos Júnior |
| *Revisão Técnica* | Felipe Campos |
| *Editoração Eletrônica* | Camyle Cosentino |
| *Capa* | Ateliê Editorial |
| *Formato* | 15,8 x 23 cm |
| *Tipologia* | Minion Pro |
| *Papel* | Chambril Avena 80g/m² |
| *Número de Páginas* | 248 |
| *Impressão e Acabamento* | Lis Gráfica |